# MANHÃ TRANSFIGURADA

Livros do autor publicados pela **L&PM** EDITORES:

*Breviário das terras do Brasil* (**L&PM** POCKET)
*Concerto campestre*
*Ensaios íntimos e imperfeitos*
*Manhã transfigurada* (**L&PM** POCKET)
*A margem imóvel do rio*
*Música perdida*
*O pintor de retratos*

# Luiz Antonio de Assis Brasil

# MANHÃ TRANSFIGURADA

www.lpm.com.br

Coleção **L&PM** POCKET, vol. 861

Texto de acordo com a nova ortografia.

Este livro foi publicado originalmente pela L&PM Editores, em formato 14x21 em julho de 1982.
Primeira edição na Coleção **L&PM** POCKET: maio de 2010

*Capa*: Marco Cena
*Preparação:* Simone Borges
*Revisão*: Patrícia Rocha

CIP-Brasil. Catalogação-na-Fonte
Sindicato Nacional dos Editores de Livros, RJ

---

B83v

Brasil, Luiz Antonio de Assis, 1945-
    Manhã transfigurada / Luiz Antonio de Assis Brasil. – Porto Alegre, RS : L&PM, 2010.
    128p. – (Coleção L&PM POCKET; v. 861)

ISBN 978-85-254-2005-3

1. Romance brasileiro. I. Título.

| 10-0726. | CDD: 869.93 |
|---|---|
|  | CDU: 821.134.3(81)-3 |

---

© Luiz Antonio de Assis Brasil, 1982

L&PM Editores
Rua Comendador Coruja, 314, loja 9 – Floresta – 90220-180
Porto Alegre – RS – Brasil / Fone: 51.3225.5777 – Fax: 51.3221.5380

Pedidos & Depto. comercial: vendas@lpm.com.br
Fale conosco: info@lpm.com.br
www.lpm.com.br

Impresso no Brasil
Outono de 2010

Para Amilcar, meu pai, *in memoriam*

...céus, vós jurastes
A minha desventura: pois violentos
Ou me dais gostos, ou me dais tormentos

*João Cabral de Melo*
(1744, Vila dos Biscoitos – 1824, Angra do Heroísmo,
Açores) in *Belisa,* inédito, Biblioteca de Évora.

# 1

Desde madrugada que estão lidando, Laurinda me dá isso, Laurinda me dá aquilo, me alcança as anáguas, duas, três, cinco, de molde a ficar uma silhueta bojuda, redonda nas ancas, como se quer de mulher jovem e bem-acabada. E Laurinda corria para atender à senhora, abrindo baús, caixas, sempre risonha, os dentes alvos clareando a cara; fazia-se leve, apesar do peso que acumulou em todos os anos que servia Dona Camila, desde quando a senhora ainda era guria nova.

Faz com muito gosto, e sem reclamar, ainda mais neste dia que é muito especial, um dia para nunca mais esquecer, bem mais fácil de ser lembrado do que aquele outro em que ajudou, como hoje, Dona Camila, quando ela se casou de núpcias festivas com o Sargento de Ordenanças Miguel de Azevedo Beirão, estancieiro na Lagoa. Foi aquele um dia de grande festa em casa do Senhor Martinho Gonçalves, pai da noiva, apesar da penúria em que viviam desde que puseram alfândegas nas paragens da Guarda, nos Campos de Viamão, e soldados furibundos guardavam os caminhos, impedindo que passasse o contrabando de gado, fortuna de Martinho.

Apesar de tudo, foi um casamento concorrido, atraindo gentes de todos os lados, não só de Viamão, mas de todas as terras vizinhas, estancieiros velhos e outros mais novos. Todos compareceram com suas mulheres, filhos e escravos, atendendo ao convite que um peão foi fazendo de estância em estância, proclamando aquilo que já estava num papel pregado à porta da igreja, onde se anunciava o casório entre Dona Camila e o Sargento Miguel, coisa fina.

Houve um baile repenicado de violas e tambor dos negros, do qual se falou por muito tempo, tanto que as pessoas, quando queriam nomear algum acontecimento brilhante e cheio de reviras, diziam: foi igual como no baile de casamento do Sargento Miguel.

Laurinda correra também como hoje, abrindo baús, costurando babados, ajeitando os vestidos das donas. Os perfumes que cruzavam o ar eram de causar inveja, pois vinham não *do* Reino, que o Reino *é* pobre nessa indústria, mas da França, um país também depois do mar, mas muito mais longe, e onde se faz o que cativa o gosto. Tudo mandado vir de lá pelo Sargento Miguel, uma vez que o Senhor Martinho Gonçalves não era precavido de fortuna. A bem dizer, o Senhor Martinho entrou só com as novilhas para o assado e os lençóis de linho, finamente bordados, estes sim do Reino. Deu, é claro, o dote habitual, mas isso é coisa muito misteriosa, porque uns dizem que não deu; o fato é que o Sargento Miguel disse a todos que tinha, sim, recebido o dote do seu sogro. Hoje se pensa, será que não disse isso apenas para *não* parecer que se casava com uma dona pobre?

O Senhor Martinho Gonçalves ficou feliz com aquele casamento, tanto que dizia a todos que prezava muito ter por genro o senhor sargento, um homem digno e que viria encompridar de muito suas próprias terras, mercê de um trabalho que incluía a salga de carne e a curtição da courama, tudo remetido em carroças para São Paulo e Rio de Janeiro; E apregoava as virtudes do sargento às pessoas que vieram ao casório, dizendo vejam só como se casa bem a minha filha. Se vocês pensam que faz qualquer casamento, estão muito enganados; o sargento, inclusive, é homem de entrar a qualquer hora do dia ou da noite no palácio do Governador, que recebe ele de chinelas e sem peruca amarrada, são íntimos.

Trouxeram para aquela festa várias garrafas de vinho doce, seladas com cera de abelha, matizadas com lacre, e que se abriam aos pares, de tanto que se bebia nas canecas de folha, nas tigelas de barro e até nas guampas finamente incrustadas em prata. As mulheres beberam sangrias e orchatas feitas com todo esmero pelas cozinheiras da casa, segundo receita que viera das Ilhas, trazida pelos pais do Senhor Martinho quando para cá se tocaram atravessando o tenebroso mar oceano.

Também se fizeram balões vermelhos, com chama por baixo, esses que o povo chama de moça velha, quem sabe por causa do fogo que arde nos baixios. E se erguiam para ficarem parados no ar, a luz tremendo por dentro, maravilhando a todos. Tachadas de doce foram despejadas em cima da pedra, e daí metidas e enroladas dentro de folhas largas de árvore, e todos os convidados puderam levar para suas casas um bocado. Nunca se comeu doce igual, tanto que depois até vinham pedir mais à dona da casa, de tão bom que ficou. Dona Camila, coitada, pouco gozou do doce, pois logo foi levada embora para a casa da Vila, pertencente ao sargento, homem rico. Tão rico que tinha as terras entestando com as águas da Lagoa e só terminando na Vila. Ganhas de el-Rei Nosso Senhor, que Deus o guarde. Também possuía muito animal vadio e outros domados, tantos que não se podia contar direito na época da contagem de gado.

Abriram-se caixas com copos de cristal enrugado, cheios de pontas, onde beberam apenas as pessoas de qualidade. O sargento fez questão de ser ele mesmo a servir aquela gente enfiada em finas roupas. Beberam fazendo par com a gente de menos valor que ficara pela cozinha e arredores da casa. Ia noite alta e cheia de estrelas quando foi amainando a festa, e dos balões foi largado o último, e das vozes apenas restavam uns murmúrios aqui e ali, e uma certa indecência tomou conta dos homens e das mulheres, que se refestelavam nos matos escuros, aproveitando o momento em que na casa se apagavam as luzes, ficando apenas um lampião mortiço em frente ao oratório. Laurinda, ela mesma recolheu os copos e limpou o que sujaram dentro da casa, mas não varreu, que não se varre de noite. Os últimos convidados chegavam para ela bocejando e dizendo boa-noite, siá Laurinda. E se espreguiçavam todos, coçando as costas e olhando uma última vez a noite, meio balançando o corpo, efeito do muito vinho bebido. O sargento fez muita alaúza quando foi para o quarto de Dona Camila, falando alto, que todos ouvissem o momento.

O Senhor Martinho e sua esposa, Dona Bárbara, fizeram questão de levar os noivos até a porta do quarto e pediram a Laurinda que afastasse os lençóis, e que passasse um ferro bem quente por dentro, pois a noite começava a esfriar.

Tudo aquietado. Os noivos já com a porta trancada. Laurinda voltou à varanda, pegou a garrafa de vinho que ainda estava no aparador na tenção de guardá-la; mas um demônio ou bicho-carpinteiro fez com que despejasse um pouco de vinho num copo. Bebeu sentindo um calor por dentro que a deixou envergonhada. Mas era bom. E bebeu outro tanto. E depois mais, até que a garrafa estava vazia e as estrelas dançavam no céu, e não viu mais nada.

Foi um dia de nunca mais esquecer, e Laurinda pensou que jamais iria encontrar um dia como aquele, tão cheio de coisas acontecendo, coisas de botar os nervos pra fora, de tão boas e novas.

Isso ela pensava.

Porque hoje está vivendo um dia muito mais carregado de acontecimentos e novidades, muito mais que aquele outro, do casamento.

Hoje foi acordada em horas que não sabe, era apenas um mexido no seu ombro, Dona Camila ao lado, a vela acesa. Disse acorda, acorda Laurinda, vem me ajudar. Tonta de sono, custou um pouco a dar cobro de si mesma, mas logo sabia por que fora acordada naquelas horas em que todos dormiam, e na praça fazia um silêncio de morte. Acendeu o lampião, lavou a cara, esfregando bem o rosto para espantar a noite e os sonhos que ainda se enredavam em seus olhos. Hoje tinha um dever que lhe tremia o coração, só de pensar. Isto foi-se dando conta à medida que se acordava plenamente e, chegando ao quarto da senhora, reconhecia o vestido branco que se espalhava sobre a cama, tal como ela o deixara na noite anterior. Então, Dona Camila, não dormiu, passou toda a noite em velório? As dobras do vestido, os babados, o cinto de seda, tudo estava como ontem. Dona Camila cruzou a longa noite esperando aquele momento: Laurinda agora via pelo vermelho que se notava nos olhos da senhora, olhos de quem não dormiu nem um instante. E, no entanto, era bonita porque estava cheia de vida e calor, quando lá fora fazia noite e frio. Ela vencia o sono, não é verdade que os apaixonados não têm sono?

Laurinda sentia um baque surdo no peito quando se dava conta do que fazia. Aquele vestido, hoje em cima da cama, seria visto apenas por uma pessoa, e isso era uma verdade que fazia Laurinda bater os queixos de medo, mau agouro. Já trabalhara em vestidos sem conta, em casa do Senhor Martinho, mas nunca, jamais, num que tivesse uso apenas de um dia. Tinha, é claro, feito o vestido do casamento de Dona Camila, mas isso afinal se entende; vestidos de noiva são feitos para durarem apenas um dia, para logo sumirem nos baús. Mas o fato é que são vistos por todo um povo, que vai se admirar com ele, vai copiar para seus futuros casamentos, enfim, o vestido de núpcias tem um préstimo muito maior que qualquer outro, comum. O de hoje, porém, era para uma única pessoa ver. Nem por isso deveria ser mais feio. Laurinda prezava demais o seu ofício para ser desleixada. Se quisesse, podia alinhavar em vez de costurar, podia mal e mal pregar os botões, tudo na tenção escondida de usar o pano num outro vestido, quem sabe para si mesma. Mas não, esse devia ser tão bom e bem feito como os outros, Laurinda não deixava por menos.

Como está lá fora, Laurinda? Pergunta Camila, e Laurinda é arrebatada dos seus pensamentos, alegrando-se com a alegria da dona, que a essa hora abre um pote de carmim, frente ao espelho, sorrindo para o próprio rosto refletido. Laurinda vai à janela, entreabre os postigos e vê o abandono da praça, o céu escuro e nevoento e, à frente, as torres da igreja alvejando um pedaço do céu. Um vento fininho e frio entra na quentura do quarto, fazendo com que feche logo a janela, arrepiada. Ainda é noite, senhora, e não tem sinal de sol. A negra vai até o relógio da varanda e, com uma vela, olha o mostrador. Cinco horas, Dona Camila, ainda é cedo para qualquer coisa. Não, Laurinda, vai chegando a hora. – E manda que venha ajudá-la a despir-se.

Dona Camila está alegre, e essa alegria enreda Laurinda, tanto que logo passou aquele baque no coração; já nem se lembra que é noite, e que se está preparando uma cerimônia às escondidas, feito ladrão que rouba. Volta-se toda para Dona Camila, que já tem as faces coradas, recendendo a alfazema, perguntando se está fazendo boa figura. Sim, muito bonita, um primor, um anjo de tão bonita.

E está mesmo. Frente ao espelho, a senhora olha-se mais uma vez, movendo a cabeça de um lado para outro, examinando o toucado que ajeita com a ponta dos dedos, um toucado simples, feito por ela mesma, apanhando os cabelos levemente para trás, prendendo-os com dois grampos de chifre.

Um rosto bonito, visto agora de perfil por Laurinda. Parecido com um camafeu, de tão branco e bem cortado, um pescoço fino amparando um queixo levemente adiantado em relação a toda fisionomia, não de feitio a empobrecer a figura, pois ainda lhe dá um ar mais nobre, o que é completado pela testa larga e ampla, pelo nariz fino e beiços arredondados. Dona Camila conhece sua boniteza, e muitos homens enamorou e continua enamorando.

Aqui, Laurinda, me ajuda, ela diz, virando-se de costas. Laurinda prontamente obedece, e vai desabotoando o camisolão de dormir, camisolão de dona, pois preso atrás não permite que se ponha ou tire sem ajuda de mão escrava. O ventre delicado, firme ainda, sem marcas nem as linhas brancas que aparecem naquelas que muito já pariram. Mas ter um filho não é uma sina desejada pela senhora, aliás não faz muito caso disso. Antes lhe interessa o jogo do namoro, tarefa a que se entregou toda desde quando começou a ser mulher.

Laurinda sente outra vez o peito fraquejar, pois o namoro de agora vai indo longe demais, e parece uma loucura, tanto que desembocou neste dia de hoje, dia terrível a qualquer pessoa de juízo formado, e só a alegria de Dona Camila consegue dissipar o miasma amedrontante que paira no ar, e que faz estremecer. Mas Dona Camila não sente, será, toda a opressão desta manhã medonha, em que nem gato mia na rua, nem cachorro late, só o vento, batendo fino no oitão da casa, levanta um lamento de alma penada? Ah, Dona Camila, quisera Laurinda dizer, ajoelhada a seus pés, vamos esquecer tudo isso e vamos voltar logo cada uma para sua cama, vamos voltar para o sono, vamos apagar esse lampião e deixar que nossos olhos se encham mais uma vez de areia, e que o corpo vá se amolecendo aos poucos, entrando naquela zona onde se vive a mentira dos sonhos. Quisera dizer tudo aquilo, abraçada àqueles pés mimosos, mas lhe falta coragem. E mesmo conhece sua senhora, nada a demoveria do seu propósito anunciado na noite anterior, e que aterrorizou Laurinda, um plano urdido com a mais fina trama, cheio de complicados meandros, difícil de ser aceito, a não ser que se esteja com a cabeça enamorada, como está sua dona.

Timidamente tentou fazê-la mudar de pensamento, mas Dona Camila expunha a ideia com tanto calor e ímpeto, o rosto afogueado de excitação, as pupilas brilhando de gozo, lábios tremendo da espera, que nada pôde fazer, exceto alegrar-se também, e rezar para que tudo desse certo como queria sua senhora, por mais insensato que aquilo parecesse.

Ontem fora para a cama com a impressão de que participara de uma brincadeira das tantas que Dona Camila usava fazer, tinha a imaginação maior que o tino. Antes de dormir, porém, sobressaltou-se. E se fosse verdade o que falaram e riram? Fez um sinal da cruz, encomendou-se a São Miguel, o santo de sua devoção, pediu que nada daquilo acontecesse e que, quando fosse novamente dia, tudo estivesse esquecido. Ia até redobrar-se no serviço, alegre e contente, até ia reconciliar-se com Deus Nosso Senhor levando uma vela à igreja.

Nesta manhã, entretanto, a mexida no ombro, a decisão da dona sentida no olhar, fez com que voltasse todo o despropósito da noite anterior, e ela queria dizer a si mesma que não era verdade. Acordava-se para um pesadelo, que só a alegria de Dona Camila dissipava totalmente. O dia não seria como os outros, de trabalhos, mas um dia muito diferente e, por essa causa, temível.

# 2

Bernardo, sozinho na sacristia, não está com ânimo de cumprir suas obrigações, um dia assumidas livremente ante o pároco. Por elas, deve, neste momento, abrir as gavetas sagradas, desdobrar cuidadosamente a casula verde sobre a mesa, de modo a ficar nenhum amassado, depois colocar sobre ela a estola de franjas ricamente trabalhadas em fio de ouro, o manípulo, ao lado o cordão de cingir a cintura, a alva por fim e, coroando tudo, o amito branco, até que tudo fique arranjado para o Santo Sacrifício, devoção central da igreja e de todos os cristãos batizados.

Sim, seria seu dever, e para isso ganha o seu salário, tirado com muita cautela pelo Padre Ramiro de sua bolsinha de veludo, gesto que passou a ser odioso nos últimos tempos, especialmente quando notou que o vigário o pagava a contragosto, dizendo toma lá, Bernardo, vê se não gasta em coisas inúteis, que preparam um mau destino.

Bernardo deve acordar André, que dorme no galpão da casa ao lado, para que o ajude, acendendo as velas do altar, cortando as flores, arranjando-as nos vasos de latão colocados junto ao comungatório. Assim como faz sempre. O dia, porém, amanheceu chuvoso, o vento frio vem de todos os lados, penetra por todas as frestas, fazendo oscilar a chama do lampião, vento invisível e pressago, que torna a sacristia mais abandonada. Hoje não acordará André. O dever, afinal, é unicamente seu, e de mais ninguém.

Vai até o aparador e apanha uma faca pontiaguda e afiada, que mesmo assim passa na pedra de amolar. Examina o fio com a ponta do polegar e o constata cortante como deseja. Uma faca antiga, que o acompanha desde quando era soldado do Regimento de Dragões, com um palmo de comprimento e cabo de osso. Dirige-se à capela-mor, ajoelha-se ante o sacrário, baixa o candelabro esquerdo e corta as pontas das velas, limpando bem o pavio, de modo a deixá-las novas, como sem uso. Faz o mesmo no candelabro direito. Ao voltar-se, a visão de sempre: a nave deserta e pouco iluminada, uma quietude como no céu, ou como no limbo.

Senta-se na cadeira destinada ao bispo, nunca ocupada porque o prelado jamais veio aqui nesta vila perdida do Continente de São Pedro. Olha as tábuas do chão, tantas vezes levantadas para que se metesse para baixo os esquifes dos irmãos da confraria, tantos que se amontoavam às dezenas, empestando o ar com um inquietante cheiro de corpos em decomposição. Aquele fedor, nos momentos mais sublimes da missa, lhe lembrava a morte corporal, coisa terrível e odiosa. E, sobretudo, naquele instante, misturavam os sentimentos de piedade com o miasma da podridão.

Seus olhos ficam cheios de água quando recorda os últimos tempos, dia a dia, em que, ao contrário desse cheiro asqueroso, sentia outros mais suaves, da espécie da rosa e do jasmim, cheiros de vida e paixão, agora tão esquecidos e perturbados pelos últimos sucessos, os mais fantásticos de sua vida, sucessos que abriram seu peito em mil chagas.

Sua visão vai-se perturbando, tudo treme debaixo da cortina de lágrimas: o altar, as janelas, a balaustrada da comunhão, os bancos, as imagens dos santos.

Tira do bolso um retratinho oval, pintado em porcelana, e o acaricia, trazendo-o junto do peito, murmurando meneios de amor, algo muito distante destes cheiros que penetram em suas narinas. Quer aquele outro cheiro, o perfume das flores, as essências que tanto a elas se acostumara nos últimos tempos. Cheiro quente do amor, das longas vigílias entre lençóis de cambraia, ao lado de um corpo adorável, as infindáveis revoluções sobre a palha do colchão, braços e pernas enredados num abraço que durava a noite toda. A modorra das madrugadas suarentas, o sono acolhedor como uma concha, os sonhos bons e o despertar com a Laudes, hora canônica, que assumira desde então, desde o perdimento do amor, um caráter ainda não imaginado. Podia lembrar-se, antes, da falta de graça da Laudes a que se obrigava pelo seu cargo, que o fazia despertar em meio à noite, estremunhado, no dever de recitá-la entre bocejos, no fito de ganhar o céu e o salário. Na época do perdimento, porém, a Laudes era um beijo que sugava sua boca, convidando-o para novas lutas de amor e depois novas lassitudes, mornas, que o faziam esquecer a hora sagrada.

Vade retro, Satanás! Bernardo agora diz, não podendo, contudo, desgrudar a vista do retratinho oval, que arde em suas mãos, a facezinha rosada entre cabelos caracolados, sorrindo, sorrindo. Um rubor nas bochechas, sobrancelhas arqueadas e finas, uma bela mulher. A imaginação completando o que falta aos olhos, Bernardo pode vê-la totalmente, muito além do que o retrato representa: o colo leitoso, os dois seios redondos e firmes, o umbigo, as partes cobertas de uma leve penugem que não chega a tapá-las de todo, as coxas macias. Ah, Deus, pode até sentir o perfume que tresanda daquele corpo amável sobre todas as coisas da Terra.

Pega a faca de aparar velas e, gemendo, as lágrimas soltas pelo rosto, o queixo um só tremor de choro, contorna com a ponta da lâmina a figura da mulher, como querendo amedrontá-la com sua dor e roncos do peito, para fazê-la temerosa de seu poder, na lembrança daquelas madrugadas nunca mais repetidas em que ela se fazia só dele. Tremulamente a ponta aguçada vai riscando a porcelana, fazendo desaparecer o rosto delicado, furando os olhos, dividindo em duas a garganta, abrindo sulcos na boquinha rosa, deformando a figura, até que ela se transforma em uma riscalhada enlouquecida de raiva. Bernardo, porém, sabe que não a subjuga com tanto furor; a mulher tem outra existência, pulsante e rica, a qual permanece intangível, imune à sua mão delituosa. Ele sabe estar destruindo-a apenas na efígie gravada, e não na verdadeira carne.

Num repente, ajoelha-se e, com enorme esforço, ergue um dos alçapões do soalho, ao pé do altar, puxando-o pela grossa argola de ferro. Recua, assustado pela onda de ar quente e fétido que sobe desde as profundezas. Com o lenço no nariz, distingue, postos lado a fado, os negros esquifes dos irmãos, recobertos de poeira e rendilhados por teias de aranha. Sem conter-se, joga o retrato pelo vão escuro, ouvindo o percutido som de mistério e morte que ele faz ao saltar sobre os tampos de madeira.

Fecha apressadamente o alçapão e levanta-se, meio sonâmbulo, um nó prendendo a garganta. Volta à sacristia, onde encontra André, já lavado e vestido, que o interroga em silêncio. Diz-lhe que vá buscar as flores, ao que o menino obedece.

Invoca Nossa Senhora da Conceição, orago da capela, que o alivie. Ao abrir a primeira gaveta dos paramentos, o sentimento é maior, e cai de joelhos, o corpo tremendo, rilhando os dentes, da garganta saindo gritos ainda não suspeitados. Bate com violência no tampo da mesa, desejando quebrá-lo se fosse possível, como também desejaria poder destruir aquelas alfaias, aqueles aparadores, aqueles cabides, as lâmpadas de pé, os armários onde se deposita o mais sagrado vinho, os potes e as terrinas contendo as peças do culto divino. Quer ser grande e poderoso para destruir também a sacristia, o sacrário, a igreja, rasgar as vestes litúrgicas de cima a baixo, tal como se partiu o véu do Templo quando deu-se a morte de Cristo na cruz do Calvário. Não consegue controlar os arrancos do peito, que reboam por todo o aposento, num furor que o atemoriza. Ódio brutal, de origem na carne miserável, fruto da entrega aos aromas perfumosos, diferentes daqueles da podridão e do incenso. Uma dor só sua, entremeada com o frio que ultrapassa a casaca de lã, gelando a pele, aprofundando ainda mais a angústia.

André volta com as flores, olha curioso para Bernardo, que se recompõe e indica-lhe a porta que dá para dentro da igreja, mandando que vá rápido despachar-se do seu dever. É tarde, o relógio de pêndulo, neste instante, bate seis horas precisas, sons que transtornam Bernardo, pois a qualquer hora o Padre Ramiro chegará para a missa.

Abre o gavetão e escolhe as vestes do período litúrgico, verdes, depositando-as sobre a tábua, de modo que vão formando as figuras prescritas no *Missale Romanum*, pano sobre pano, cruzados ou alinhados, segundo os preceitos. Colocado tudo, ainda corrige o cordão, que ficou enviesado em relação à casula. Olha depois a arrumação, como sempre faz, inspecionando. Tudo está como no preceito, cumpre sua obrigação preparatória, mesmo que o nó na garganta ainda lhe inche o pescoço, e a raiva e o ódio apertem o peito como uma enorme pedra de moinho.

Prepara-se para receber o padre, vestindo a batina e a sobrepeliz franjada, sentindo o cheiro acre de suor curtido daquelas roupas usadas todos os dias, lavadas apenas aos sábados. Apercebe-se o quanto elas se tornaram obrigação, dever. São apenas uma veste por cima do corpo, que não chega a recobrir o espírito nem educa os sentimentos, vestes inúteis.

Seis e um quarto. Padre Ramiro começa a demorar-se, não é do hábito, sempre se apresenta às seis. Bernardo vai até a nave; André terminou de arranjar as flores e volta para a sacristia, para vestir-se. Ninguém ainda chegou. Hoje terão mais um ofício sem fiéis, como tem sido nos últimos dias, quando o inverno apresentou-se. Uma fraca luz começa a espreitar pelas altas janelas, iluminando o dístico escrito no arco da capela-mor: *Tota pulchra est, Maria et macula originalis non est in Te*. Toda bela és, Maria, e a mancha original não existe em Ti, belo e fácil de ser dito, mas qual a mulher deste mundo que não traz mancha nenhuma? Qual aquela que pode dizer que é totalmente pura?

Ouve abrir-se a porta da sacristia que dá para a rua, e uma lufada de ar frio adentra a nave. Volta rápido ao seu lugar, cuidando para não serem vistos seus olhos pelo Padre Ramiro, que entra. Observa-o tirar o casaco de lã e ir à pia lavar as mãos, enquanto recita *Da Domine virtutem manibus meis*, que o Senhor lhe dê virtude às mãos. Ah, se o Senhor tudo soubesse e tudo ouvisse, ah. Seca as mãos na toalha que Bernardo corre a lhe apresentar, sempre murmurando as rezas, absorto, *ut sine pollutione mentis et corporis valeam tibi servire*, para que Te possa servir sem mancha na mente e no corpo, Senhor.

O rosto do vigário está impassível, e os grandes olhos cinzentos nada dizem, nem a boca se abre mais do que o necessário. Contudo, parece a Bernardo que as narinas, hoje, tremem, nervosas, num agitado que pouco perceberia quem não o conhecesse como ele. Procura mais indícios de anormalidade, e os encontra num pequeno ricto no canto do olho esquerdo, à feição de quem tivesse uma grande luz posta subitamente ante o rosto. Acompanha o Padre Ramiro até a mesa, vê-o preparar o cálice, tapando-o com a patena, cobrindo tudo com a bolsinha caporal e dispondo com rigor o véu, de modo a esconder o cálice e não aparecer nada. Apanha o amito, coloca-o no pescoço com vagar e reveste-se com a alva, hábito branco que desce até os pés. Circunda a cintura com o cordão, amarrando-o bem firmemente, dizendo num sopro quase imperceptível *praecinge, me Domine, cingulo puritatis, et extingue in lumbis meis humorem libidinis, ut maneat in me virtus contineantiae et castitatis*, cinge-me, Senhor, com o cinto da pureza, e extingue nos meus rins o humor libidinoso, para que me mantenha na virtude da continência e da castidade; Isso é oração que Bernardo bem conhece, e não quer agora erguer a vista, com medo de descobrir fixos em si os olhos do outro, que certamente o penetrarão até o fundo da alma, deixando-o desamparado e nu. Enfia o manípulo no braço esquerdo do padre, como se vendo livre da última obrigação nessa cerimônia diária. Vai parar-se a uma distância respeitosa, a cabeça baixa, adivinhando o que ocorre: nesta hora ele beija a estola, cruza-a ao peito, dizendo *redde mihi, Domine, stolam immortalitatis*. Neste instante, levanta a casula e enfia a cabeça pela abertura, *Domine, qui dixisti jugum meum suave est*, Senhor, que disseste o meu jugo é suave...

    Cumprindo seu dever, Bernardo vai ao armário, retira o barrete e o estende ao padre. Vê apenas quando aquela mão fina e anelada pega-o com certa tremura. Perto de Ramiro, pode senti-lo diferente nesta manhã, sinais que entende não do feitio costumeiro, antes prenunciadores, sinais de tormenta no fundo do horizonte.

    Tudo em volta está calmo, nenhum ruído se ouve. Só os dois, um frente ao outro, Bernardo ofegante, temeroso, o temor consumindo a alma, sem proteção alguma naquela sobrepeliz surrada, sozinho, desamparado e entregue à dúvidas e paixões; o outro resplandecente na glória divina dos paramentos, os arremates sedosos da casula bailando sobre as rendas da alva, por baixo, os pés em sapatos brilhosos.

Padre Ramiro pega o cálice com a mão esquerda, descansando a direita sobre o véu que o recobre, faz uma grande reverência ao Cristo crucificado pregado à parede e, em vez de dirigir-se logo à capela-mor, recita o *De profundis*, entoando em voz quase perdida, do fundo do abismo clamo a vós, Senhor; Senhor, ouvi a minha oração, que vossos ouvidos se façam atentos à voz da minha súplica. Se tiverdes em conta os nossos pecados, Senhor, quem poderá subsistir ante Vós? Mas em Vós se encontra o perdão dos pecados, para que, reverentes, Vos sirvamos. Ponho minha esperança no Senhor, minha alma tem confiança em Vossa palavra.

Fica ainda em silêncio por certo tempo, e Bernardo mal ousa erguer os olhos; quando o faz, sente-se amolecer todo. Padre Ramiro o encara, os olhos úmidos perquirindo sua alma, penetrando-o como uma adaga moura, daquelas retorcidas que adentram até o coração, a lâmina fria descendo pela garganta, rompendo as vísceras, rasgando os meandros condutores da vida. O padre abre a boca como quem vai dizer alguma coisa. Bernardo prepara-se. Também tem muito que dizer, de repente voltando a raiva que sobe pelo esôfago, quer destravar a língua, falar o que esconde.

Mas não, Ramiro apenas respira fundo, nada diz, recolhendo a fala. Com a cabeça, indica que Bernardo tome lugar à sua frente, formando o cortejo. A um toque de sineta que Bernardo aciona, entram na capela-mor da nave. Nenhum fiel. André balança o turíbulo para lá e para cá, erguendo no ar a névoa perfumada do incenso. E, mais uma vez, o incenso mistura-se com o cheiro dos corpos jacentes ao pé do altar.

# 3

 

Camila toma a grinalda de flores de pano que Laurinda lhe apresenta. Coloca-a sobre os cabelos, sentando-se frente ao espelho. Ficou bem, Laurinda? ela pergunta à negra, que sorri, sacudindo afirmativamente a cabeça. Ficou sim, senhora, não tem mulher tão bonita como a senhora. Pareço uma deusa pastora, diz-se quase a si mesma, vendo como o colorido das flores assenta bem com o carmim das duas faces. Aproxima o lampião do rosto. Pareço mesmo, uma deusa daquelas que na primavera saía pelos campos antigos espalhando flores. É hábito os poetas escreverem sobre deusas de outros tempos. Mas ela não, ela está aqui, presente, viva, confirmando sua boniteza ante o espelho. Dá-lhe pena de outras que não são belas, e devem sujeitar-se a esconder o rosto quando passa um homem. Nessas, decerto a luz do espírito é muito intensa, a ponto de consolá-las. Ela prefere ser assim bonita, de uma beleza que todos veem, e não carece mais do que mostrar-se para ser querida e adulada.

Levanta-se, quer provar mais uma vez o vestido. Lindo, Laurinda, ela diz ao constatar como lhe cai bem, moldando os seios sem apertar muito, marcando a cintura, pronunciando as coxas como todos gostam. Até nem parece que o vestido já nasceu assim, nem que foi feito por mão de Laurinda. Às vezes Camila se interrogava, vendo a criada trabalhar, como é que um ser tão bruto pode ser capaz de tantas maravilhas? Que estranhos meandros tem a alma humana que faz com que as pessoas se superem, chegando ao ponto de abandonarem-se a si mesmas e transformarem-se em seres mais perfeitos, quase anjos?

Não está, contudo, para pensamentos. Hoje é um grande dia, e sua figura ante o espelho é uma verdade que ninguém pode negar, nem sua alegria pode ser perturbada por nenhum pensamento, nem pelos temores e sustos que Laurinda mostrou logo que foi acordada. Notou, é claro, que a sabedoria da negra indicava prudência, e desde que entraram nesses projetos de sonho, de vestidos e grinaldas, Laurinda vinha sestrosa, afinal, não se prepara tanta festa para nada. Ontem à noite, quando tudo se esclareceu e tomou sentido, a criada quis recuar, não ia participar desse acontecimento tremendo, Dona Camila entendesse, pedira chorando, a cara de olhos arregalados, a voz cortada pelo medo. Camila, porém, confiava em que sua alegria acabaria por transformar o ânimo de Laurinda, tanto que não deu importância aos rogos, ao contrário, que ela fosse deitar cedo para ajudá-la logo de manhãzinha, ia precisar muito dela. E a senhora? perguntou Laurinda, e a senhora não vai dormir? Não, ela respondeu, tenho muito que fazer e pensar nesta noite. Deu uma entonação propositalmente dura ao que dizia, para marcar que não estava fazendo jogo de mentira.

Foi uma longa noite, na qual as sombras cresceram, e as poucas estrelas que apareceram no crepúsculo da tarde, vencendo o peso das nuvens carregadas, logo se apagaram sob um grosso manto de chuva. O silêncio passou a imperar entre o casario. Ela olhava pela janela a cada momento, na tentativa de enxergar qualquer pequena claridade para os lados de onde o sol nasce. Os vãos da casa estavam densos de temores, e o estalar das vigas e barrotes fazia eriçar os nervos. Nunca passara assim uma noite de vigília, noite em que o sono não vem, e as horas, tantas vezes olhadas no relógio da varanda, custavam a passar. Mas assim decidira, ia ficar acordada até que o sol desfizesse as nuvens e a noite, esquentando o mundo. Sua decisão foi difícil de sustentar, pois não imaginava o tempo que as horas noturnas levam para cruzar o zênite; o dia é mais breve, o sol corre lépido do nascente ao poente. Mas, à noite, a abóbada celeste gira com imensa lentidão.

Quando menina, costumava levantar-se em meio às noites frias, conferindo como as constelações desfilavam majestosas e solenes no céu, abrindo o leque do Zodíaco ante seus olhos maravilhados: o Orion guerreiro, a Virgem delicada, o feroz Leão, todos lentos e silenciosos mensageiros de um mundo perfeito, enregelado, onde os nomes cabalísticos despertavam as mais estranhas e misteriosas emoções.

Esta noite procurara-as, na intenção de rever aqueles sentimentos quase esquecidos. As constelações negaram-se a aparecer, escondidas na escuridão e no silêncio. Deviam, por certo, estar rutilantes atrás do véu nebuloso, mas ocultaram-se a seus olhos.

Durante o noivado, levou muitas vezes o Sargento Miguel a ver as constelações radiosas, mas ele apenas erguia a cabeça, no tanto que a cortesia obrigava, e emitia uma apagada aprovação, voltando-se para ela, procurando sua boca, pisando-a com os adereços de metal do uniforme, tentando abraçá-la, ao que Camila o afastava, não queria, naquele momento, perturbar a serenidade da noite.

Nem a grandiosidade de um cometa interessava ao sargento, tanto que, ao ver como todos na casa vieram à rua, e boquiabertos, contemplavam a enorme cauda que preenchia quase todo o céu feito um parado foguete, recriminou que estivessem tão embasbacados afinal com um acontecimento comum. E retirava-se para dentro, onde a esperava com seus fogachos de solteirão meio entrado em anos.

E quando será o casamento? perguntava o pai a Camila. Há tempos que a vinha rondando com a interrogação, ansioso por ir logo publicar os bandos na porta da igreja, mandar engordar duas novilhas de sobreano, encomendar que lhe fizessem lanternas e balões para o dia. Também a mãe perguntava, mas de modo muito seu, sem indagações, apenas acendendo velas a Santo Antônio, fazendo orações de agarrar marido, pedindo a Camila que também viesse juntar-se a ela, pelo menos no último mistério do rosário, rezado a altas horas, quando o sargento já havia tomado o caminho de sua estância, distante quase uma légua, para o lado da Lagoa.

E Camila fechava-se, confusa de ver-se assim obrigada a decidir. Não queria falar, não seria o momento de dizer ao pai e à mãe que não queria casar-se. Pelo menos com o Sargento Miguel de Azevedo Beirão. O pai, naturalmente, enaltecia-lhe as qualidades, mais do que a decência recomendava, cuidando de mostrar a Camila o quanto era bem provido de fortuna, estimado por todos, dono de duas estâncias, uma na Lagoa e outra para as bandas do Tramandaí, além da grande casa na praça da vila de Viamão. Quem fosse morar lá ia sempre ficar vendo a igreja de frente, privilégio de poucos em todo o Continente. Mostrava o quanto ela seria senhora rica, morando na Vila, e não naqueles matos sem nada que a distraísse, e como poderia armar as festas da paróquia, todos tirando o chapéu quando ela passasse pelas ruas numa liteira. Sabe o que é isso, Camila? Uma liteira rebordada em ouro, dois negros carregando, sinal de poder e fortuna. Tudo isso poderia ser de seu uso se tivesse um pouco de juízo e seguisse os conselhos dos mais velhos. Tem mais, Camila, tua mãe coitada já gastou a ponta dos dedos de tanto sovar rosário em oração a Santo Antônio, ela quer apenas o teu bem. E então, que me diz?

O pai à frente, pedindo. Podia ver como seus olhos cansados se alegravam com a possibilidade de um resto de vida regalada, sob o amparo do genro rico, as visitas a Viamão, as pessoas o saudando com respeito quando apeasse frente ao sobrado da praça, o maior e mais bem fornido de todo o Continente. De negócios ilícitos de gado nem desejaria mais falar, agora garantido pela pecúnia do sargento. O pai aguardava uma resposta, e não era mais possível protelar, nem dores de cabeça seriam suficiente desculpa. Passou a mão pelos cabelos raros e brancos do pai, a comoção tornou o gesto tremido. Então, Camila? o pai repetiu, a voz entrecortada. Sim, pai, pode providenciar tudo. Martinho Gonçalves não abraçou a filha, que o temor de chorar o proibia, mas levou suas mãos aos lábios, num agradecimento contido. Saiu dali gritando a todos a grande notícia, que arreassem sua montaria, que marchava ao meio-dia para Viamão, a marcar as bodas.

Desde esse dia, Camila assumiu um ar de senhora, procurando em tudo imitar a mãe e a avó, que ainda se lembrava dela, uma velhinha vinda das Ilhas, sempre dizendo: marido é senhor, senhora é escrava.

A partir do anúncio do casamento, Camila observava melhor aquele que seria o dono de sua vida. Ele se tornava distante, falando muito com o futuro sogro, estabelecendo ajustes de negócios, courama, salgação de carne, entreposto, tudo que fosse de aumentar os bens, nada que dissesse respeito ao amor. Assustou-se, pensando nessa palavra amor, que lia e relia num livrinho de versos, o único da casa, que guardava em precioso depósito desde que lhe foi dado às escondidas por um padre bem jovem que visitava as estâncias, celebrando missas, batizando, realizando casamentos, ensinando a prole doméstica: as primeiras letras aos que não as sabiam e as fidalguias do espírito aos demais. O sacerdote lhe entregara a obra recomendando discrição e método; deveria antes apreciar-lhe as belas construções da prosódia e o imaginativo das rimas, do que seu conteúdo por vezes escabroso. Camila não largou mais o volume, lia-o todas as noites, chegando a decorar seus versos sonhosos, perguntando-se a espaços se não pecava, pois o livro falava no amor entre homem e mulher. Mas amor não era o que as pessoas sentiam por Nosso Senhor Jesus Cristo? Nunca ouvira a palavra amor empregada em outro sentido. Isto é, ouvira sim, numa recriminação do padre, na igreja, quando ele disse que todos deviam apagar de seu espírito o amor pelas riquezas deste mundo. Contudo, dizer amor assim, vulgarmente, querendo significar aquilo que ela sabia existir, que fazia mulher e homem quererem-se bem, isso nunca foi do seu conhecimento.

    Como seria sentir amor pelo seu noivo? Imaginava-o num altar, cercado de velas, envolto numa túnica escarlate, a mão erguida em abençoamento. Mas feito de madeira, sem sangue nas veias, nem emoção no olhar, duas ônix sobrepostas a escleróticas de esmalte. Não, não queria amá-lo assim, mas como a um homem verdadeiro, que portasse calor no peito e tivesse mão forte quando pegasse a sua. As avenças de negócios, porém, transportavam-no para longe, para um mundo onde não há amor. Chegou a sonhar certa noite que o sargento viera vê-la, trazendo nas mãos não uma flor, mas um saco de moedas. Quando riu para ela, os dentes eram de ouro. De sua boca jorravam moedas, frias, metálicas, que tilintavam ao cair na laje de grés. Ao abraçá-la, a casaca abriu-se e de dentro do corpo saíam mais moedas, aos borbotões, até que todo o sargento foi-se desmanchando, era só um boneco cheio de moedas de ouro, prata, cobre e estanho. Ficou apenas um monte de pano que se esparramava entre a riqueza.

Tentou repetidas vezes chamá-lo a uma conversa, onde ela repetiria os versos aprendidos no livrinho, oh, tu, pastor amado, meu tesouro divino. Já havia decorado os versos mais amorosos. O sargento chegou certa vez a ouvi-la, quieto, mudando a expressão pouco a pouco, até que lhe tapou a boca, o rosto vermelho, mandando que parasse de dizer aquilo, onde tinha aprendido? E se a ouvissem recitando aquelas imoralidades, que desculpa teria? Mas são para ti que estou dizendo, ela desculpava-se. O sargento não quis ouvir mais e, depois de inteirar-se da existência do livrinho, pediu que lho entregasse, imediatamente. Obedecendo, Camila trouxe a encadernação, seu tesouro. O sargento tomou-o, olhou a lombada, leu o título com contrariedade: *Poemas a Nícia*. Leu algumas linhas, esquadrinhando as ilustrações com o olhar inquieto. Perguntou, sem desgrudar os olhos do livro, se ela ainda era virgem. Só por causa do livro? Perguntou quase irônica. Não, por nada, respondeu o sargento, enfiando o livro dentro da casaca. Meu livro, ela pediu. Ele então disse que esquecesse, agora era quase uma senhora, estavam às vésperas do casamento, seria uma terrível notícia se a pilhassem com aquele livro. Camila disse sim, senhor e prometeu a si mesma que daí por diante o chamaria sempre de senhor. Era o lugar que lhe competia na ordem natural das pessoas.

Procurou não mais importuná-lo com suas faltas de honra.

Ateve-se ao que o ritual exigia, preparando-se para as núpcias marcadas. Sua vida tornava-se plana, chata, sem meandros e vacilações do espírito.

Laurinda entendia o que se passava, pois entre os de sua raça não era costume o unir-se em casamento sem gostar-se, isso era coisa de branco rico. Mas fazia-se prestimosa, pois, talvez, com tantos preparos, tantos lençóis de linho, tantas peças de roupa nova, tantos brocados e holandas, tanta prata e tanto ouro, tudo se ajeitasse. Pelo menos, era o que pensava.

Um dia Camila foi levada a Viamão para conhecer por dentro a casa que sempre via fechada, junto à praça, de frente para a igreja, e que todos sabiam pertencer ao Sargento de Ordenanças Miguel de Azevedo Beirão, que a mantinha cerrada à espera de quando constituísse família. Dois pisos, a única aliás em todo o Continente, assim diziam. Duas portas embaixo e duas janelas. No andar superior, seis janelas enfileiradas. Acima, o telhado, vermelho, amplo.

Dentro, um ar morno envolvia os móveis. Camila subiu até o quarto grande e abriu as janelas, parada na contemplação da vista que imaginava seria sua daí por diante, a igreja com suas torres apontando o céu. Na praça, que ficava num leve declive em relação à igreja, ninguém passava. De cada lado, uma fileira de casario baixo, as habitações quase todas com uma porta e apenas uma janela. Prolongavam-se em pátios regulares, estreitos, que se emendavam uns nos outros. Quase ao canto superior, à direita, a casa canônica, um pouco maior que as outras.

Naquela manhã, o sol brilhava forte, e um perfume de tílias abrandava a atmosfera poeirenta. Seria, talvez, até agradável viver ali, ainda mais que se repetia aquilo que o pai previra: um cavaleiro, saído de trás da igreja, vinha cruzando a praça, vencendo os córregos formados pelas chuvas; ao vê-la na janela, tirou o chapéu numa cortesia profunda, dizendo Deus guarde Vossa Mercê, o que a pôs envaidecida.

Sentiu tocarem seu ombro. Uma voz grossa, seu noivo. Perguntava o que estava achando da casa, ao que ela respondeu, refazendo-se do susto, que era uma casa muito bonita, apreciava muito, sim, senhor. Então venha ver as comodidades, disse o sargento, mostrando com desenvoltura os outros quartos, a varanda no térreo, dando para a rua. A sala onde, se ela quisesse, poderiam colocar uma espineta para tocar música. A cozinha em nível inferior, toda de pedra. A casa possuía o conforto que precisavam, até muito mais. O noivo vigiava-a todo momento, procurando sentir sua reação ante aquelas paredes caiadas, aqueles móveis de madeira e couro, ante os dois espelhos da varanda, do mais puro cristal. Sabia o que era cristal? Sim, senhor, ela respondeu, anotando na cabeça o nome para perguntar ao pai, se é que ele também sabia.

Pouco a pouco foi-se sentindo mesmo dona do pedaço de riqueza que lhe ofereciam. Naquele dia decidiu por vez que viria em definitivo para Viamão, ideia que foi reforçada pela afirmativa do sargento que teria de estar largas temporadas na estância da Lagoa, cuidando do gado e interesses do comércio, era seu ofício.

Antes de voltarem, passaram pela casa canônica, onde o Padre Ramiro os recebeu com chá e broinhas de polvilho. Um homem elegante, ainda moço, com leve acento reinol, e penetrantes olhos cinzentos. Tratou-a por senhora, deu-lhe um terço bento pelo Santo Padre, em Roma. E pronunciou Roma como quem dissesse Paraíso. Camila não podia sequer imaginar como seria Roma, decerto um lugar onde o Papa está sentado num trono gigantesco, cercado de anjos e reis que o incensam. E o Padre Ramiro deixou-os embasbacados quando descreveu Roma, as largas ruas, os palácios de mármore, as fontes de onde jorrava água dia e noite, o rio Tibre, a basílica do Vaticano, recheada por imagens de santos com duas vezes o tamanho natural. Ouvia-o também o escrivão da vara eclesiástica, que igualmente servia de sacristão, e que foi apresentado: ainda mais jovem que o padre, uma barba cerrada cobrindo o rosto muito branco. Um longo nariz afilado dividia sobrancelhas quase retas; tinha um ar muito humilde, mas não passou despercebido a Camila, que a espaços lhe lançava um olhar curioso, logo desviado por pudor.

Estiveram ali por duas horas, o sargento, conversando com o padre sobre questões de animais, dando instruções de como deveria fazer para tirar todo o lucro que uma boa ponta de gado pode oferecer; o padre, anotando em finas tiras de papel, indagando a cada momento. Padre Ramiro possuía uma chácara nos arredores da Vila, onde iniciava criação.

Despediram-se quando ainda era dia alto, havia muito que percorrer até casa. No caminho de volta, muitas coisas ocupavam a cabeça de Camila, que a sentia latejando, doendo forte. Eram ideias atravessadas, a casa, os olhos cinzentos do padre, o jeito tímido do escrivão, suas barbas, entretanto, rebeldes e petulantes.

Dormiu muitas horas seguidas, acordando até com certa alegria. Declarou à mãe que desejava os dias passando muito ligeiros, para que logo chegasse a data das bodas, e a mudança para Viamão. Mas não dizia que um pensamento ia e vinha dentro de si, era também o desejo de logo voltar a ver aqueles homens da casa canônica, vivendo num mundo tão diferente, até então desconhecido e que estaria bem perto de seu alcance.

O dia enfim chegou, radioso e tépido. O casamento foi realizado com todo estilo, muitos convidados, a igreja repleta. Próximo ao adro, o sargento mandara edificar um arco de madeira coroado de flores, por onde o povo deveria passar, e onde estava escrita uma frase em latim que nem Camila nem ninguém entendia, mas que o Padre Ramiro, autor da ideia, dizia ser de muita edificação. Camila esperava ver o ajudante do padre, mas este não apareceu, substituído por um mulatinho cheio de cerimônias. Onde estaria? onde?

Padre Ramiro fez um sermão que comoveu a todos, tratando em especial da fidelidade e dos deveres de assistência mútua que têm os esposos. Estava muito bonito, envolto num pluvial dourado, com galões de prata, quase um santo.

Terminada a cerimônia, chegaram à porta da igreja, onde os foguetes estouravam e todos davam vivas ao casal. O sargento era muito rico mesmo, Camila constatava.

A festa, para não fugir ao costume, foi em casa do Senhor Martinho Gonçalves e durou até altas horas da noite.

# 4

Bernardo observa como o Padre Ramiro está inquieto, neste dia, engrolando as orações, desatento ao ofício, ele que sempre rezou missa com tanta devoção. No instante em que se volta para a nave, dizendo *Dominus vobiscum*, os braços abertos, mal se percebe a sua voz. Passado o Credo e o Ofertório, Bernardo dirige-se ao lado do altar, a bacia e o jarro na mão. Padre Ramiro também vem para o lado, e, enquanto olha pensativamente para a água que escorre entre seus dedos, diz a fórmula do estilo *lavabo inter innocentes manus meas*, lavo entre os inocentes minhas mãos, Senhor. Inclina brevemente a cabeça, as mãos postas, os olhos fechados, *ne perdas cum impiis, Deus, animam meam, et cum viris sanguinum vitam meam*, não me deixes, Deus, perder a alma com os ímpios nem a vida com os homens sanguinários.

Mesquinharias, estar dizendo aquilo, mesmo que Bernardo saiba que é da fórmula. Onde estão os sanguinários? onde estão os ímpios? Bernardo repete-se a pergunta ao retornar ao aparador, onde deposita a bacia, o jarro e a toalha. Repete-se, quase em voz alta, embora não esteja seguro de suas interrogações. A faca de aparar velas ainda está em sua cintura. E se, de repente, ele se transtornasse e, num assomo de raiva, cravasse a faca nas costas do padre abrindo uma grande mancha vermelha na casula, o padre caindo, agarrando-se à toalha do altar, fazendo rolar o cálice sagrado, a patena com a hóstia, o corpo tombando junto à mesa do sacrifício, da boca jorrando sangue espesso e turvo? Bernardo quase se paralisa com os pensamentos que vinham como ondas. Volta a seu lugar, ao lado de André, que reza em silêncio, o corpo dobrado, ainda a tempo de responder *et cum spiritu tuo*, o Senhor esteja com teu espírito.

O cheiro de podre mais uma vez levanta-se do soalho, escapando por entre as frestas das tábuas, como aviso dos mortos ao miserável mundo dos vivos. Como sinistras mãos da morte erguendo-se dos seus sepulcros, tisnando o ambiente com sua presença reveladora de um mundo oculto, sem desejos, restando unicamente a lembrança de uma existência onde havia tantas coisas queridas, tantas, e que apenas há pouco anunciaram-se a Bernardo em noites quentes e perfumosas, passadas entre seios brancos, os bicos rijos e escuros como duas contas, duas sementes de oliva. A boca de dentes claros, a testa larga, os cabelos caindo fofamente sobre os ombros nus, a curva gentil do ventre levemente intumescido, o calor que desprendia daquele corpo quando ela o enlaçava todo.

O padre consagra as espécies preciosas, posto em profunda união com o mistério da fé. Bernardo quer, também ele, baixar a cabeça, consumir-se naquele dogma que sabe encerrar algo muito mais profundo que os sentidos revelam, mas impede-o a turbulência que sente, os amores, os leitos adamascados, noites afetuosas, gemidos de gozo, nádegas roliças, seu esperma correndo entre as pernas adoráveis da mulher, feitas de veludo e pêssego. Tudo o carrega para fora dali, daqueles odores de santidade e medo, para o dia em que o padre o chamou à sua livraria.

Estamos num sério embaraço, disse ao estender a Bernardo uma petição escrita em letra dificultosa, arrematada com assinatura desconhecida. Sabia ler as petições, no seu ofício de escrivão da vara eclesiástica se acostumara com requerimentos de toda sorte. Pegou o papel e foi lendo em voz alta: Padre Ramiro recostado na cadeira, os braços cruzados, ouvindo aquilo que já conhecia, mas mesmo assim atento à leitura, como para convencer-se do conteúdo.

Começava declinando o nome Sargento de Ordenanças Miguel de Azevedo Beirão, cavaleiro da Ordem de Cristo... Cavaleiro da Ordem de Cristo? repetiu Bernardo. Sim, Bernardo, eu também não sabia, mas segue. A petição relatava o casamento há pouco sucedido, em que, com o mais puro afeto, unira-se em vínculo perpétuo a Dona Camila Gonçalves, filha deste Continente, a qual sempre lhe pareceu casta e honesta, o que era evidenciado pela honrada família de onde proviera, família onde o respeito pelas coisas sagradas sempre foi o supremo laurel, mas que com profunda infelicidade via-se na obrigação de requerer a anulação do sagrado vínculo, dado que constatou não ser a noiva virgem e, portanto, seu petitório encontrava fundamento nos cânones da Santa Madre Igreja, a saber números tais e tais.

Bernardo não conseguiu prosseguir, tanto o susto e o espanto, o papel ainda seguro entre as mãos agitadas, nunca se vira algo no Continente, pelo menos entre pessoas de qualidade. E o casamento foi tão bonito, dizia Padre Ramiro.

Fez-se um silêncio entre ambos. Bernardo sentia ainda muito vivo o gosto da visita que não há muito os noivos fizeram à casa canônica, o sargento tão entusiasmado e ela tão calada, a boca aberta, ouvindo como o Padre Ramiro descrevia a cidade de Roma, fascinando a todos. Olhava-a, por vezes, e via como era bela, muito branca e elegante, os olhos claros acompanhando as circunvoluções da mão do padre quando este descrevia a alta cúpula de uma catedral ou o cimo de um faustoso monumento. Ela piscava seguidamente, as longas pestanas baixando e subindo na agitação de um pensamento que estava longe, perdido naquilo que imaginava da cidade eterna. Bernardo não conseguia mais desprender a atenção de Camila, que passou a olhar as próprias mãos quando seu noivo iniciou a tratar de assuntos de negócios. Ficara aborrecida, será? Notou sua expressão apagada, triste, uma vez passado o encanto que lhe provocou a descrição do padre. Um suspiro escondido. Um inquieto tamborilar de dedos sobre o braço da cadeira. Um instante em que seus olhos ágeis viraram-se para ele. Quando foram embora, Bernardo ainda ficou na janela, vendo-a erguer graciosamente a perna por sobre a sela, montando com decisão, batendo os calcanhares esporeados nos flancos do cavalo. Padre Ramiro ainda disse, lá vai uma bela figura de mulher, não lhe parece? Sim, Bernardo concordara, acrescentando que seria uma boa esposa para o sargento.

Na verdade, naquela noite, penitenciara-se amargamente por ter ousado desejar aquela mulher, Dona Camila, a prometida consorte de um maioral do Continente. Decidiu que não participaria do casamento, não queria ver-se de novo envolvido com aquelas saias fofas, com o rendilhado sobre os ombros, ele que vivia tão tranquilo em seu mundo de processos, pautas, audiências, mandados e sacristia. Camila era o perigo, o vento forte e rasteiro que poderia levantar tudo pelos ares. E assim manteve-se, esquecido dela, enchendo suas noites com os sonhos da imaginação.

E agora estava ali, trêmulo, segurando o papel terrível.

Que vai fazer Vossa Mercê? perguntou, devolvendo a petição. Padre Ramiro pensou um pouco. Respondeu: vou atender o pedido do homem, trancar Dona Camila em casa, até que se deslinde o caso. Bernardo havia perguntado só para ganhar assunto, pois já conhecia o procedimento de praxe. A prisão era dos cânones. O padre tinha esse poder. Muitas vezes já fora com o meirinho em casa de particulares, com ordem e mandado da justiça eclesiástica, prendendo pessoas em suas próprias casas.

Quero que você me prepare o papel, disse Ramiro, sem olhá-lo.

No entanto, Bernardo afastara-se daquele casamento, metendo-se longe, no campo, entre vacas e bois, procurando não se entregar à melancolia. Mas a imaginação vinha insinuante, pintando as cenas que fazia por não pensar: a entrada da noiva na igreja, o sargento em seu uniforme de gala, as pessoas admirando-se com o arco posto junto ao adro, coroado de flores.

Tudo fizera para esquecê-la, mas eis que se via às voltas novamente com ela, e o rumor da novidade o punha excitado, querendo e não querendo, desejando o momento de ir a sua casa e ao mesmo tempo ansiando por não ir, mandar outro. Mas o temor foi vencido pela ousadia, e chegou a pensar que era homem bastante para enfrentar a dona, no exato cumprimento de seu dever legal.

Sentou-se à mesa e escreveu:

*O reverendo Padre Ramiro Menezes Guiães, Vigário Encomendado da Igreja de Nossa Senhora da Conceição dos Campos de Viamão e, nela, Vigário da Vara pelo Exmo. e Revmo. Sr. Bispo do Rio de Janeiro, D. Frei Antônio do Desterro. Mando ao Meirinho deste meu juízo que sendo-lhe apresentado este, em seu cumprimento, vá com o escrivão à casa do Sargento de Ordenanças Miguel de Azevedo Beirão e lá ordene que sua mulher, Dona Camila Beirão, que de casa não saia enquanto durar a causa de anulação de matrimônio requerida por seu marido, o sobredito sargento. Dado nesta freguesia de Nossa Senhora dos Campos de Viamão etc.*

Bernardo releu o que escrevera e gostou. Depositou a pena no descanso, pensando que nunca tivera missão desse quilate. Ele, escrivão do padre, acólito de missas a soldo de fome, morando de favor na casa canônica, de ofício humilde, portanto, tinha o poder de ir à casa daquela bela mulher e mandar que não saísse. Fechou os olhos, imaginava-se prendendo-a em cadeias de ferro, as mãos atadas a grossas correntes, chorando e implorando que ele a soltasse, e ele permanecendo de cabeça erguida, sentindo-a submissa, entregue. Iria, portanto, à casa da dona com o mais altivo olhar e diria que por graça muito especial não ia botá-la em cadeias, ia apenas recomendá-la que não saísse do sobrado sem ordem sua. Desenhava na imaginação como ela lhe agradeceria, as mãos em súplica, ia talvez beijá-lo na boca, como beijavam as mulheres de soldo alçado, ela que não era mais virgem. Pelo menos é o que dizia o marido. Como teria sido aquela noite do casamento entre os dois? O sargento, ultrajado em sua honra, esbofeteando a mulher no leito; ela, nua, em prantos, os cabelos desgrenhados procurando escapar da ira do marido, que a chamava de puta de mil-réis, já tinha dormido com outro, quem era? quem era? O homem saindo do quarto, a pistola na mão, pronto a dar um fim no infeliz, imprecando os céus por tanta desgraça ocorrida quando apenas queria dar um lar a uma mulher pobre. Dando tiros para o céu estrelado, causando reboliço em toda casa, acordando os peões, os cachorros, os negros. A alaúza formada em volta da casa, desgraça acontecida, tragédia. No outro dia, arrumação das malas, ela deveria sair daquela casa, da estância da Lagoa, onde nunca houvera desolação tão grande, acachapante.

Ela vestindo-se não para retornar à casa dos pais, que o medo não permitiria, mas para a casa da Vila, rogando ao sargento para ficar ali, ninguém sabendo do ocorrido, jurava por Deus e as chagas de Nosso Senhor Jesus Cristo que daquele dia em diante ia levar vida honesta e pura, frequentando todas as rezas e novenas, ele nem era obrigado a visitá-la, podia até buscar outra mulher, índia ou negra, para desafogar-se. E se tivesse filhos, ela mesma cuidava, chamando de meu afilhado. O sargento concordando, uma forma de resguardar a honra sofrida. Depois, a mulher instalada, o ódio, a ferocidade de quem foi ludibriado, o recurso à causa da anulação, pedida com todo segredo de justiça, tudo na feição de vingar-se e ainda casar-se de novo, sair deste percalço como homem vitorioso.

Dobrou o mandado cuidadosamente e o enfiou no bolso. Agora sim, queria ver aquela mulher e senhora não virgem, entrar na intimidade por todos tida como recatada, ele, porém sabendo que ela já se deitara com outro homem antes do marido. Bernardo, inclusive, nem precisava ter rodeios, podia falar língua chula e desabusada, que para Camila seria muito conhecida. Afinal, já não se entregara a qualquer um?

Mandou chamar o meirinho às pressas, tinham de cumprir um mandado do vigário da vara, coisa importante. O meirinho chegou limpando as mãos, estivera preso ao arado, mas de que se tratava? Coisa importante, disse-lhe Bernardo, batendo no bolso, fazendo ouvir um barulho de papel. Sonegou as palavras que o outro desejava ouvir, disse apenas que iam à casa do Sargento Miguel de Azevedo Beirão entregar um mandado à sua mulher. O meirinho fez que sim e sorriu, calado, eram honras de família que estavam em pleito eclesiástico. Dirigiram-se à casa de Camila, Bernardo cumprimentando com sobranceria as escassas pessoas, levava um segredo profundo e insondável na algibeira, junto ao peito.

A casa estava totalmente fechada, portas, janelas, tudo. Nenhum rumor de negra na cozinha. No entanto, todos na Vila enxergaram quando Dona Camila viera, dias antes, trazida pelo marido, carregada de caixas, e ninguém soube que tivesse saído desde então. Vai ver que a dona está dormindo, disse o meirinho, ainda é cedo da manhã. Mas as negras pelo menos deveriam estar acordadas, retrucou Bernardo, sentindo que se escapava entre seus dedos a oportunidade de vê-la. Um mundo inteiro de imaginação ruía. Quando já davam a volta, Bernardo com ganas de amassar o papel que portava, ouviram uma voz cristalina, do andar superior, perguntando quem está aí? Era ela. Bernardo quase riu de alegria. Mas fez-se sério e disse de que se tratava, tinha de falar um instante. E tu vai-te embora, falou ao meirinho, deixe que eu mesmo colho a assinatura no mandado, depois você rubrica. Sim, pois não, concordou o meirinho, tirando o chapéu com um cumprimento. E, rindo: aproveite o que Deus dá. Vai-te logo, infeliz, Bernardo grunhiu, louco de raiva contra aquele intrometido que já suspeitava de alguma coisa.

A porta abriu-se um pouco e a mesma voz mandou que entrasse e ficasse a gosto. Bernardo ouviu as chinelinhas subirem as escadas, num passinho rápido, mulher que foge, e isso atiçou sua curiosidade.

Logo estava dentro da casa, na varanda às escuras, onde vislumbrava mal e mal os móveis encostados às paredes. Viu correr uma sombra a um canto, um sentimento horrível de que havia gente espreitando, mas o temor foi breve: era sua própria figura refletida no grande espelho, o maior que já vira. Tateando, pressentindo apenas onde estava, achou um sofá de palhinha, sentou-se. Os olhos acostumando-se, admirou-se do lustre de ferro com dezenas de velas, mais outro espelho na outra parede, um aparador com tampo de mármore, duas cadeiras de espaldar alto e braços, tudo coisa do Reino, riqueza sem fim. Um oratório aberto com um santo dentro e, à frente, um móvel de ajoelhar. Ficou atento quando ouviu os passos que desciam as escadas, agora não mais passos de chinelas, mas um ruído mais seco, de botas. Contudo, suave e leve. Precedeu-a um vago perfume de benjoim.

Estava radiosa, um largo sorriso mostrando dentes brancos e bem desenhados, imagem única que Bernardo conseguia ver na pouca luz. Não sabia se beijava sua mão, afinal não era uma puta? Mas no conceito de todos era uma senhora, dona. Quis ser oficial, levantou-se e apenas estendeu-lhe a mão, gesto correspondido. Quente e decidida mão, levemente úmida. Vejo que vossa mercê estava mesmo à vontade, ela disse. E acrescentou: mas aqui há pouca luz, um instante. Foi até uma janela e abriu-a um pouco, deixando entrar alguma claridade no aposento. Correu, porém, uma cortina rendada e translúcida, que espalhou a luz. Bernardo pode vê-la melhor enquanto ela sentava na cadeira em frente, uma mesinha entre ambos. Soberba, o rosto sem os artifícios dos pós de beleza, no frescor de quem acordara há pouco, os cabelos apenas apanhados por uma fita escarlate, algumas mechas caindo nas têmporas, os olhos líquidos, os lábios carnudos, o colo suave que se perdia nos peitos apertados no justilho de tafetá, peitos claros, quase à mostra, como costumam as mulheres agora usar. Os braços estavam totalmente encobertos por mangas de veludo que findavam em rendas de onde emergiam mãos curtas, riscadas de pequenas veias azuis. Cruzou as pernas. Eis aí, pensava Bernardo, mulher honesta não cruza as pernas.

Ela, porém, não parecia estar-se preocupando com isso. Ao contrário, perguntava airosa notícias do senhor vigário, as próximas novenas que se realizariam, muito natural e sem afetação. Bernardo improvisava as respostas, e ela sempre perguntando, um verdadeiro interrogatório, quando ele é que deveria ser o algoz naquele momento. A mulher tornando-se muito presente, dotada de voz rica, de riso descuidoso, ela que deveria estar recolhida na mais profunda melancolia e dor, apenas aguardando que as penitências do pecado caíssem sobre sua cabeça. Levantou-se, caminhava pela varanda, meneios de corpo que faziam os seios sacudir como pudins. Ah visão. Explicava que as negras todas foram lavar roupa no açude, mandara que fossem cedinho da manhã. Nada podia oferecer de cortesia, não se prouvera de mantimentos, há pouco chegada de fora. Mas, perguntou ela, parando-se frente ao santo, as mãos apoiadas no genuflexório, mas a que vinha? Foi, certamente foi, uma indagação desinteressada, nem parecia ser ela a ré em feito de anulação de casamento. Podia até perceber que ela ria, totalmente senhora de si e, o mais inquietante, com certo ar, um certo volteio na voz, só audível por quem está atento, ar de quem quase se oferece. Bernardo sentiu que se avolumara o sexo entre as pernas, o perfume denso do benjoim o envolvia. Queria conter-se, quase cedia ao desejo de agarrá-la à força e deitar-se ali mesmo, não se importando com o que pudesse acontecer, uma loucura.

Trago um mandado do senhor vigário, para que a senhora fique em casa até que se deslinde o feito proposto pelo sargento contra a senhora, que pretende ver anulado seu casamento, disse Bernardo num jato, atrapalhando-se naquelas palavras de estilo, entretanto, que eram um escudo contra ela. Sei, disse a mulher, muito serena, meu marido me acusa de não ser mais virgem quando casei, e o senhor o que pensa? Bernardo não sabia o que dizer, como, o que pensava? O atrevimento daquela mulher de soldo alçado interrogando-o de coisa tão profunda, um descabimento, uma vergonha. E ela parava-se rindo, de costas para o oratório, as duas portas abertas parecendo duas asas que saíam de suas espáduas, duas asas azuis pintalgadas de estrelas. Senhora, disse Bernardo, vim apenas para cumprir meu mandado, e espero me desempenhar com brevidade, afinal não fica bem estar um homem, mesmo a serviço da justiça, demorando-se em casa de uma dona.

Ora, não é preciso cuidado, ela retrucou, aproximando-se, chegando-se perto da cadeira de Bernardo. Aquela cintura fina, rente a seu rosto, a respiração forte cujo calor chegava a seus cabelos. Bernardo ergueu-se, parando-se de pé frente à mulher. Acompanhou os olhos maliciosos que percorriam sua testa, desciam pelo rosto, circundavam a barba, fixavam-se na boca sem a menor modéstia, comendo-o.

O mandado, disse Bernardo, com pressa, tirando o documento do bolso. A senhora precisa assinar, é a lei.

Ela pegou o mandado sem, contudo, deixar de fitar sua boca, perturbando ainda mais a Bernardo, pondo em pulsação violenta o sangue que sentia afluir todo à cabeça, latejando nos lados e na testa. Estava tão perto que ele podia perceber a batida ritmada da carótida traçando linhas onduladas naquele pescoço tão fino e branco.

Para seu alívio, a mulher desconcentrou-se, foi até a janela e leu o mandado. Tirou do aparador uma pena, um vidrinho de tinta e assinou rápida. Assim deve estar bem, não é verdade? Seu dever está cumprido.

Veio até ele, dobrou o papel em dois e entregou-o.

Ao fazê-lo, segurou forte sua mão.

Timidamente, depois, com segurança, ela o puxava. Subiram a escada escura e estreita. Bernardo sentindo-se antes vítima que carrasco, todo ele um corpo debilitado pela desenvoltura e amavios da mulher, que o levava por mais um lance de escada, rodopiando as saias, por fim chegando ao quarto, uma cama enorme com dossel de brocado. As duas chinelinhas de ourelo pousadas lado a lado, meio encobertas pela bainha do lençol. Dois grandes travesseiros de penas com monograma bordado. Um calor e cheiro de dormido. Ele nunca estivera num quarto onde uma dona imperasse, onde a presença de mulher fosse tão clara, tão revelada pelas franjas, babados, laços, cômodas com cremes e pós.

Ela ainda o olhava, e conduziu sua mão para a volta da cintura, enquanto fechava os olhos, entreabrindo a boca onde aparecia a ponta da língua rosada e vibrátil, toda ela esperando. Bernardo levou a mulher para perto da janela e, enquanto comia aqueles lábios polpudos, entregando-se, louco, fechou os postigos, não carecia olhar mais para as torres da igreja que, se mais olhadas, o poriam indiferente ao corpo que pouco a pouco se desnudava. Abria-se o decote, caía o vestido, tudo pressentido na semiobscuridade que se fizera. Aquela mulher dava seguimento ao iniciado na varanda, querendo conhecê-lo todo, esgueirando a mãozinha em seu peito, deslizando-a para as costas, roçando as pontas das unhas, levantando arrepios e suores.

A noite dentro do quarto, só uma lamparina de luz trêmula e amarela dava os contornos da linha do rosto, clareando a orla dos cabelos, pondo uma cor de cobre no colo liso e brilhante de oleosidade, pomadas aromáticas, talvez.

Urgente, ela desvencilhou-se e foi até a cama, desdobrando os lençóis, deitando-se de viés, nua, os braços abertos em sua direção, o corpo delgado e amoroso chamando-o para a luta tantas vezes praticada com mulheres de toda espécie, fingidas todas, nunca de qualidade assim, entregando-se por luxúria, as coxas separadas. Na escuridão, apenas dois olhos escondidos e ariscos espreitavam o fogo que ardia sobre o leito, olhos que se apertaram num sorriso entendedor quando a mulher pedia mais, amado, mais, as entranhas ainda não satisfeitas, e ele a cavalgava com a fúria de mil potros, arquejante, para depois cair num torpor de braços e pernas, meio morto sobre aquele corpo ainda nervoso.

A mulher possuía um sabor nunca percebido em qualquer outra, pensava Bernardo na lassidão que lhe fechava os olhos, e ao sentir como aqueles dedos penetravam em seus cabelos, transmitindo uma paz que lembrava campos, coxilhas desmaiadas quando o sol se põe. Vagas sensações, lembranças de quando era criança, nuvens que passavam baixas nas manhãs de inverno, gosto de leite, voos de pássaros sobre sua cabeça, o afago da mãe debruçada sobre a cama, o toque suave traçando o sinal da cruz na testa. A mulher agora o tirava de cima de si, com jeito muito suave, para não o desgostar. Olhou-a, viu que ainda sorria, um sorriso sábio de mulher, criaturas sempre sábias, donas da noite e dos dias, dos homens, da tempestade.

Beijou-a mais uma vez, e no sono imenso que desbotava todas as coisas percebeu-a sair da cama, o gesto de calçar as chinelinhas, ir para trás do biombo, as roupas sendo puxadas uma a uma, até que reapareceu vestida, vindo sentar-se a seu lado, a mão pousada em seu peito, olhando fixa para a lamparina. Dorme, ela disse, quase num sussurro. Ele entregou-se rapidamente transportando-se a um entorpecimento sem sonhos, onde não havia dor nem dúvida.

Acordou sobressaltado, um ruído de coisa que se partia, sem reconhecer onde estava, mas pouco a pouco voltou a si. Os pés da cama, a banqueta, a arca, o crucifixo na parede, a lamparina, as paredes brancas, tudo trouxe a sensação do conhecido. Que horas seriam? A mulher, onde estava? Não ouvia nenhum ruído na casa, tudo em silêncio. Foi ao corredor, gritou para as escadas obscurecidas: Camila! Camila! Silêncio ainda, parecia uma casa onde ninguém morava. Voltou ao quarto, vestiu-se, olhou à volta em busca dos esquecidos e saiu como entrara, a porta, porém, fechada por sua mão.

Ao chegar à casa canônica, vazio por dentro e louco de sede, Bernardo precisou enfrentar o Padre Ramiro, que o interrogou por que demorara tanto, ao que Bernardo respondeu, sem olhá-lo, que, afinal, não havia sido fácil cumprir o mandado, pois a mulher negara-se a assinar, foi preciso muita arte para convencê-la, mas que tinha conseguido, podia ver aqui. Padre Ramiro tomou o papel sem dizer nada, olhando enviesado para Bernardo, a intriga cravando-lhe um vinco profundo entre as vistas, a desconfiança.

O quarto, Bernardo ansiava por seu quarto. Serviu-se quase de uma moringa inteira de água fresca e deitou-se, as mãos trançadas sob a cabeça. Ah, mistério e segredo que eu guardo, cogitava lânguido. Da cozinha chegava um cheiro bom de carne de ovelha, que fome.

À mesa, devorou o assado que siá Chica lhe apresentou. O padre, à outra ponta da mesa, tinha os olhos cravados em si, Bernardo sentia que certamente ele se perguntava muitas coisas, sem coragem de falar. À sobremesa, canjica perfumosa e quente, o padre pigarreou forte e, pousando a colher no descanso, perguntou-lhe como tinha achado Dona Camila, isto é, se estava muito abatida ou alegre, se mostrara fúria ou, ao contrário, negara-se a assinar com ressentimento. Bernardo encolheu os ombros, assim, assim, padre, nem uma coisa nem outra. Para sua sorte, Padre Ramiro voltou-se para a canjica, sem, entretanto, desarmar a dúvida que se estampava no rosto.

Quando for noite, hoje quando for noite, pensava Bernardo, depois do almoço, olhando a casa de Camila, quando for noite eu chego lá. Como o receberia, desta vez? Com a naturalidade das pessoas que já dormiram juntas uma vez, já a roupa desfeita, com a sem-cerimônia que adquiriam os casais, ou ao contrário, nem o receberia, mandando dizer que não queria mais vê-lo, a esquecesse, que fosse cuidar de suas carolices de sacristão?

A tarde foi toda passada nestas variações, nem sossegadas quando, ao Ângelus, aproveitou para subir à torre e de lá viu que a janela da mulher. Estava aberta, sim, havia vida naquela casa, vida comum, podia até enxergar uma negra que despejava um urinol, olhando distraída para uma carreta que passava, cheia de abóboras. O sol se punha em chamas, lambendo de encarnado a fachada da casa. Será que ela estava lá dentro, ajoelhada talvez ante o oratório, rezando a hora canônica, hora anunciada por ele quando há pouco batera com todo vigor os sinos? Penitenciava-se, talvez? Estaria a dor do pecado corroendo aquela alma? Mas não, o gozo que constatou naquelas pernas, naquele ventre, naqueles braços foi tanto que a força do pecado não seria forte para apagar o gozo do sangue. E, se ela o deixasse, entregando-se a outro? A suspeita foi como se um enorme peso lhe oprimisse repentinamente o peito. Mas não havia outro, o marido longe, na estância da Lagoa. Mas outro: um peão, um escravo, um homem sem cor e sem nome, uma sombra de homem? Matava-o, e matava a ela, os dois na cama. Perdão, perdão, ele disse rápido, procurando apagar da cabeça a imagem que se imiscuía, triste por ter pensado aquilo da mulher que, mesmo desvairada e desonesta, deveria contudo ser fiel a ele, revelada que foi a fidelidade no ato de sentar-se ao seu lado, a mão pousada em seu peito, já sem necessidade de acarinhá-lo, o prazer já sorvido, sem interesse, portanto. Mulher que chega a fazer esse gesto não atraiçoa. É um gesto da alma, não da carne.

Respirou fundo, e o ar fresco encheu seus pulmões, sim, era dono e senhor dela. Deveria, entretanto, aguardar a noite.

Pediu a siá Chica para levar-lhe comida no quarto, estava indisposto, um apertume da testa. Ouviu Padre Ramiro fechar as janelas para dormir e pensou: estou pronto, a noite é minha. E uma grande felicidade abriu-lhe os olhos e lhe deu um novo alento, sou homem, ela me espera.

Chegou à casa de Camila sem fazer barulho, escorregando entre as sombras, temendo a cada instante ser descoberto, até os gatos vadios eram ameaças a seus passos temerosos.

A porta da frente estava apenas encostada. Abriu-a, entrou, subiu as escadas, guiado pela luz suave que vinha do quarto de cima, o coração aos saltos.

Bernardo? ele ouviu seu nome, aquela doce voz conhecida.

Sou eu, ele disse, galgando os degraus de dois a dois, sôfrego, encontrando-a na cama, os braços mais uma vez abertos, uma camisola leve cobrindo-lhe o corpo.

Ela o puxou para si, envolvendo-o num abraço feroz, desejado, longo, ah paixão sinuosa. Enleava seu corpo como uma serpente, os lábios sugando, matreira e ancestral. Todo ímpeto da manhã voltou às carnes de Bernardo, e ele a possuiu várias vezes, vestido mesmo. Ela entregava-se toda, sem reservas ou segundas intenções, ela o satisfazia ao completo, ao ponto de Bernardo dizer não posso mais, querida, não comando mais meu corpo.

Novamente adormeceu, a cabeça pousada sobre o peito da mulher, entregue ao sono como uma criança, não desejando nunca mais sair daquele quarto, agora tão conhecido e amado. Entregue aos sonhos, Bernardo apenas acordava para sentir o calor a seu lado, momento em que apertava a pequena mão contra sua boca, ouvindo da mulher o ressonar entrecortado por breves arrancos do peito, imaginações da noite.

À hora da Laudes, contudo, acordou completamente, o dever mandava que sempre se acordasse àquela hora. Repetiu mentalmente *Aurora caelum purpurat, aether resultat laudibus, mundus triumphans jubilat, horrens avernus infremit*, onde lhe parecia dizer a aurora o céu enrubesce, o ar reboa em louvores, o mundo triunfante se jubila, o horrendo inferno estremece. Esteve a ponto de chorar ante a descoberta da beleza das palavras, nunca se detivera para pensar nelas, só a boca repetindo, ato que fazia antes com aborrecimento e impaciência. Agora tudo era diferente, elas ganhavam sentido, podia senti-las.

Era verdade que a aurora purpurava o céu? Foi à janela, abriu um dos tampos e constatou que uma faixa vermelha riscava o horizonte, e alguns galos espaçados cantavam, quebrando o silêncio.

No escuro, procurou suas roupas, enfiou-as, o resto da oração nos lábios. Beijou a testa da mulher adormecida e saiu, logo estava em seu quarto lembrando todos os instantes daquela noite. Em poucas horas transtornava-se uma vida inteira.

Estava ainda perturbado, tantos e tão rápidos os acontecimentos. A mulher pouco lhe falou, ele conheceu melhor seu corpo do que sua alma. Na verdade, não sabia nem o que ela pensava da vida, era apenas uma carne que se dava sem recato algum, mulher do pala aberto, como diziam os peões. Que pensar, se nem ele sabia por que fora à casa da mulher quando podia escapar-se ao dever? A curiosidade, entretanto, e o desejo o levaram até lá. O sentimento que ficara era o conhecido sentimento da saciedade, igual a quando muito comemos ou bebemos, um gosto que não sente mais gosto, um apagamento das sensações.

A alma queria jogar-se na alegria, ao contrário do corpo, e chegou a pensar que, ao voltar àquela casa, desejava somente ficar ao lado da mulher, indagar suas tristezas e afetos, e, mais que tudo, se lhe queria bem, se não era apenas para revolver-se na cama que o procurara. Sim, porque ela é que o havia procurado, levado para cima, para o quarto, e tentado sua luxúria.

Havia se entregado, mas depois deixara sua mão ficar em seu peito, quase o tempo suficiente para dizer que o queria bem, dizer sem palavra, só no gesto, quem sabe sentia-se envergonhada?

A sineta tocou no alpendre, era siá Chica. Insone e cheio de pensamentos, lavou-se na gamela e olhou para fora. Ainda não amanhecera completamente, e a lua empalidecia, caindo para o lado do poente, escondendo-se atrás de nuvens grossas, pejadas de chuva, escuras. Um temor, a presença da morte muito perto, era isso que sentia ao ver nuvens daquele feitio. Um sentimento de criança, que bulia com seus nervos. Por mais que passassem os anos, não conseguia apagar da cabeça todo terror que lhe infundia uma visão daquelas. Pressago, persignou-se. A manhã que se erguia tornou-se subitamente opressiva, e um vento morno começou a soprar do lado da terra, secando-lhe a garganta.

Os pressentimentos, eles ainda não o deixavam sentir alegria quando desejava senti-la, apertavam seu peito.

# 5

A igreja toda enfeitada para o casamento, as gentes cruzando por baixo do arco florido, o dia translúcido e glorioso, Camila levava desgraça no coração. Queria, é certo, como dissera a Laurinda, ser uma esposa como todas são no Continente: de pouca fala, respeitosa do marido, o qual deveria cuidar dos gados e courama, e a mulher cuidar da casa, dos escravos, do queijo e das comidas de todo o dia. Mas, dissera a Laurinda, para isso é preciso que haja afeição entre homem e mulher, para que ela se desobrigue dos seus trabalhos de alma leve. Laurinda retrucou a senhora se acostuma, é só uma questão de tempo, e quando vierem os filhos vai ser ainda muito mais fácil de suportar, os filhos são o consolo de muita mulher casada, porque a mulher, se não tem afeto pelo marido, tem pelos filhos, e fica elas por elas. Camila, porém, não se convencera. Aliás, procurou mais do que tudo descobrir dentro de si algum achego pelo sargento, que a presenteava: um anel, uma caixa de joias marchetada em madrepérola, uma ovelha bonita, pipas de fiambres onde se enrolavam palmos de linguiça em grossa e perfumosa banha. Perdizes em molho de cebolas azeitadas, vinho do Porto, mandado vir com enorme dificuldade.

Nada fazia tremer o coração de Camila, que o sentia parado, murcho.

Tentou criar fantasias, e imaginava, quando estava só, como poderia ser seu noivo, jovem, de voz macia e dura ao mesmo tempo, largos ombros e cabeleira caindo sobre as espáduas, ouvindo-a recolhido falar nos pastores e pastoras do livro, indagando coisas de sua vida, dedicado só a ela. Era uma forma de suportar o noivado que corria. Quando ele chegava, a voz levemente nasalada cumprimentando-a, os cabelos grisalhos e ralos, o leve cheiro de couro e suor desprendendo-se do corpo, as botas enlameadas, tinha ânsias de lançar fora tudo o que comera ao jantar, tanto nojo e asco. Animou-se, entretanto, quando decidiu-se que iriam morar na casa de Viamão, quando ela fosse senhora. Era algo de novo e diferente que acontecia em sua vida, e mais consolada ainda ficou quando soube que ocupariam quartos separados. O sargento fazia-se fidalgo da terra, queria dar mostras de que sabia viver como os grandes de nobreza antiga e reinol.

Ao pisar o degrau de acesso à nave, seu pai a conduzindo, Camila viu cravados em si todos os olhares, a Vila inteira lotando a igreja, os sinos batendo, as velas acesas, o perfume adocicado das flores, tudo à feição de uma grande festa. Os cheiros, porém, foram-se modificando à medida que transitava solene pela nave, e ao adentrar a capela-mor, já de braço com o sargento, invadiu-lhe as narinas o odor dos corpos enterrados. O incenso dava a tudo uma aparência nevoenta, irritava os olhos.

Padre Ramiro falou longamente sobre o dever de fidelidade mútua que têm os esposos, destacando que esses deveres não vêm da carne, mas do espírito, por isso superam toda carne. Ao aspergir água benta sobre os noivos, uma gota fria atingiu seu rosto, parecia a ponta de uma faca que a cortava, arrepiou-se toda, um prenúncio maligno. Quis logo sair daquele ambiente que tresandava a morte, atingir a porta que se abria para o dia magnífico, o céu azul cruzado pelo voo das pombas que viviam nas torres. Queria ver sua casa, sua a partir de agora, na qual as janelas enfeitavam-se de colchas adamascadas e onde as negras, por decisão do sargento, distribuíam cachaça e moedas de cobre a todos que estendessem a mão, a arraia miúda da vila, seus vassalos a contar de hoje.

Não ocupou logo sua casa; tomaram o caminho da estância do Senhor Martinho, onde a verdadeira festa aconteceu, com girândolas, lanternas japonesas, adivinhas de donzelas casadouras, churrasco.

O sargento bebia com os outros estancieiros, que o olhavam com respeito. A eles lhes falava de seus negócios, nada do coração, nem um olhar mais caridoso para ela, a quem apresentava como senhora Dona Camila, um brilho de posse luzindo no olhar meio perturbado pelo vinho.

    Todos despedidos, ela e o noivo foram conduzidos até o quarto, um vago temor ao ver a cama recém-feita, toalhas dobradas com capricho, uma garrafa de vinho posta sobre o aparador, um candelabro de latão com duas velas acesas. O abraço e o beijo da mãe, o carinho na bochecha feito pelo pai. Quando o sargento fechou a porta atrás de si, ela sentiu que não seria dele naquela noite, apesar de pretender usar todas as manhas aprendidas para afogueá-lo, toda a sedução que lhe ensinara Laurinda para o momento, feitiços de negros africanos. Nem sentiu-se ela mesma quando, vencendo o temor e o nojo, passou o braço pelo pescoço do noivo, buscando beijá-lo, os olhos fechados, murmurando para si mesma os versos do livro condenado. Ele ficou rígido, não se movia nem dobrava o corpo para corresponder ao seu abraço, como paralisado.

    Ela então o largou, foi para a cama, onde sentou-se e perguntou se não o agradava tentando ser uma esposa, ao que o sargento derrubou-a de encontro ao travesseiro e com voracidade arrancava seu vestido, rasgando-o, desnudando seu colo, o peito onde acariciava os dois seios. Ela tudo deixava, Laurinda tinha sido muito clara nos ensinos, devia deixar, o homem estava com fome dela, tinha direito. Até o ajudou, desabotoando o vestido, tirando as anáguas e os calções. Ao vê-la sem as últimas peças de roupa, o homem mudou, tornou-se áspero, e disse que ela o havia posto frio com aquelas atitudes, que se vestisse logo, pois o que mais admirava nela era o recato que devem ter todas as mulheres, as quais devem ser conquistadas, e não proceder desta forma, parecendo china. Se esperava atraí-lo, não deveria comportar-se daquela maneira, ao contrário, deveria manter-se inteiramente quieta, sem abrir-se toda como estava fazendo, que aguardasse dele os propósitos.

    A vergonha e a raiva enchendo o peito, Camila procurava entre os lençóis as roupas dilaceradas e com elas cobriu o corpo, incapaz de dizer o que fosse para mostrar o quanto a repulsa do noivo a punha em situação miserável.

No entanto, ela sabia, já agradara outro homem, anos atrás.

As lembranças vieram todas, lembranças daquela manhã fria em que acordou nos braços de um peão da casa, envolta em um poncho, o prazer que via no rosto do homem, ela o agradara. As lembranças da cachaça bebida sem controle, a dor que sentiu no instante em que deixara de ser moça virgem, a sensação de que passava a participar do mundo, ocupava um lugar entre as mulheres. Tudo acontecido sem ciência da mãe, só Laurinda sabendo. Tomou a resolução de que só a um futuro e desconhecido esposo iria contar o que ocorrera, mas aguardava o momento de confessar-se quando muito o tivesse cativado, quando muito o tivesse mantido prisioneiro de suas carícias. Não confessar como o fazia agora: com raiva entre os dentes, sangrando a alma do noivo, o gosto de vê-lo primeiramente estupefato e depois colérico ao ouvir as minúcias do sucedido, o ódio que via desfigurá-lo.

Quase ria ao contar, dizendo que era muito mulher como Deus a havia feito, tanto que o peão a quis logo, não se pôs frio como ele, graduado de ordenanças, maioral da terra, impotente.

O sargento ficou fora de si e segurando-lhe os pulsos lhe dizia puta, mulher de soldo alçado, infeliz, tudo dito de modo a não ser ouvido pela casa, que a esta hora toda dormia. Lívido, e sem tino do que fazia, bateu-lhe no rosto com a mão rude e angulosa, dizendo mais impropérios, bateu-lhe até que o sangue escorreu pela boca. Cansado, todo o corpo tremendo, ordenou-lhe, prepare-se, sua puta, que vamos amanhã para a Vila, fica lá até que eu consiga do vigário a anulação desse casamento, dessa farsa.

Camila amontoava-se a um canto da cama, imóvel, medo de mover-se, o rosto em brasa, os olhos quase se fechando pelo inchaço das pálpebras, o gosto de sangue, a dor como se tivesse sido picada por mil abelhas, e um subterrâneo rancor começando a aninhar-se no coração. Ouviu o sargento afivelar as calças, viu-o calçar as botas lustrosas e sair do quarto.

Resignada, ouviu no outro dia a repetição da ofensa: puta, puta, prepara logo as tuas coisas que vamos para a casa da Vila, que na estância da Lagoa não pisa mulher da tua laia. Na casa ninguém suspeitou de nada, o rosto disfarçado pelos cremes, um xale envolvendo a cabeça e os ombros, a fala pouca para não trair-se frente à mãe.

Chegado à casa, o sargento mandou que aguardasse o pleito sem dizer nada a ninguém, que a vergonha seria maior, não carecia de andar apregoando a ninguém o fato, muito menos a Laurinda ou às outras negras que ficavam a seu serviço.

Tanto queria esta casa, Laurinda, ela disse chorando, jogando-se nos braços da criada, tanto queria para mim, e agora é minha prisão, sou senhora e mais escrava que tu, Laurinda. Laurinda dizia não acredito que o sargento faça uma coisa dessas, ele pode não ter carinho mas não é variado da cabeça, logo ele volta e pede para morar junto com a senhora, a senhora é moça e bonita, ele vai logo sentir paixão de novo.

Camila sorriu das palavras da negra. Sorriu e chorou, Laurinda não tinha visto a cara terrível do sargento quando dizia que ela o deixava frio, nem como enfurecera o rosto ao falar na anulação do casamento, coisa pronta e decidida. Não era um repente, mas sim caso pensado, nunca iria mudar de ideia. Qual o homem que volta a uma mulher que o põe indiferente?

O que sucederia agora? Um pleito, uma demanda em que ele pediria ao vigário que não os considerasse casados, tudo porque ela não era mais virgem. Que faço, Laurinda? Ela perguntava. Nada, a senhora não deve fazer nada, deixe que tudo aconteça como deve, acho que ele volta.

O quarto já estava todo arrumado, as negras caseiras haviam se esmerado na limpeza do soalho, no lustre de latão, no perfume de alfazema colocado em saquinhos ali e aqui, um verdadeiro recanto para um par de noivos. Um lugar de que falavam os versos do livro.

Deveria sentir medo a esta hora. Sabia de outras que se desesperavam e até se tiravam a própria vida quando isso acontecia. Mas sondou-se, olhou para dentro de si e constatou que todo o medo, todo o terror e pânico estavam apagados pela dúvida se era mesmo mulher. Isso era de temer muito mais que a cólera do marido e o possível desprezo dos pais.

Abriu melancolicamente as janelas e viu as torres, sua segurança nos tempos inseguros que estavam por vir. Com o sol a pino, não deitavam sombras na praça, antes estavam solidamente pousadas no solo, erguendo-se com a retidão de tudo que é sincero. Gostou de vê-las assim, fortes e silenciosas, eram um arrimo no meio da incerteza.

Laurinda via os dias passando, e sua dona nada de desgrudar da janela, o olhar nas torres, sem o menor riso ou palavra. Às vezes, falava apenas para pedir uma infusão de malvas, ou para queixar-se de dor de cabeça. Corria a atendê-la, mandando a todos na casa que tivessem cuidado, evitassem de fazer barulho, fossem refestelar-se em outro lugar. Levava-lhe cada manhã e cada tarde uma xícara fumegante da infusão, momento em que aproveitava para olhar melhor a senhora, o rosto sem brilho, os cabelos sem travessa ou pente, sempre vestindo uma longa camisola de dormir. Bebia com agradecimento, dizendo coisa boa, Laurinda, uma infusão bem quente. Pouco chegava à porta do quarto, e assim mesmo para olhar para o fundo das escadas e voltar à mesma cadeira de onde via as torres.

Está morrendo em vida, dizia Laurinda ao peão caseiro.

De comida, muito pouco. Havia dias que nem tocava no prato que lhe deixavam. A senhora vai ficar fraca, vai morrer desse jeito, deve esquecer essa sina do sargento e tratar de viver. Camila dizia isso é fácil de estar falando, mas e a coragem, Laurinda? Cruzava os braços, suspirava e voltava a cabeça para fora, para o outro lado da praça. Todos esses fatos punham Laurinda nervosa, também ela começava a ficar sem graça, esquecia de seus deveres, só pensando o que poderia fazer para reanimar a dona, antes tão cheia de vida. Passou a odiar o sargento, e dizia isso a todos, clamando que, se enxergasse o desgraçado, ia bem lhe dar uma sova para aprender que não se trata assim uma esposa. Traçou até um plano de envenená-lo botando coloquíntidas na comida, no dia que ele viesse. Mas recuou, assustada com a própria ideia, nunca iria matar um homem, por mais ordinário que ele fosse. Sorriu, astuta, pensando que seria bem bom se a dona lhe pusesse um par de cornos na cabeça, ia ver o que era bom ser falado em todo o Continente. Chegou a comentar com Dona Camila a ideia, ao que a senhora por primeira vez riu, ganhou cores, dizendo: ora tua ideia, Laurinda, o sargento ia morrer de vergonha. Mas que ia ser bom, isso ia, disse Laurinda, séria. Dona Camila deixou de rir, o olhar tornando-se intrigado, como se uma cogitação estranha começasse a tomar conta de seus pensamentos. Olhava atentamente para Laurinda, como a pedir mais falas, queria que ela falasse muito, abrisse toda sua sabedoria. E a negra, animada pelo pedido, chegou a imaginar como seria: escolhido o homem mais bonito da vila, a dona mandava dizer que desejava falar com ele; o homem vinha, Laurinda o mandava subir para o quarto, a dona o seduzia, e pronto. Fazia-o até sair pela porta da frente, num instante em que passassem pessoas, logo todos iam saber.

Dona Camila, fascinada, perguntou então se achava que ela ainda podia seduzir um homem. Mas é claro, disse Laurinda, a senhora tem a pele bonita, o cabelo que é uma graça de Deus, os dentes juntinhos e certos, o corpo não é gordo e sem graça como o meu, ao contrário, é ainda de uma guria muito nova, as ancas estão firmes e os peitos bem durinhos, tudo mesmo como uma donzela.

Achas mesmo? perguntou Dona Camila, o rosto iluminado.

Se acho, senhora! Olhe só, nem rugas nos cantos dos olhos, nem nos cantos da boca, nem na testa, é um primor, não é por nada que o sargento quis casar com a senhora, ele ficou doido de paixão.

Dona Camila mandou então que Laurinda fosse cuidar de seus deveres, ela tinha muito que pensar. Não pediu infusão de malvas naquela tarde, o que foi uma alegria para todos na casa.

À noite, quando Laurinda acordou no quarto ao lado, na tenção de botar o gato para fora, viu uma sombra que descia as escadas, teve medo, voltou apavorada e ficou de tocaia. Acalmou-se quando ouviu as chinelinhas da dona, som muito já conhecido. Mas o que ia fazer, descendo as escadas àquela hora da noite, se nem de dia animava-se mais a baixar à varanda? Resolveu segui-la, pé ante pé, cuidando de não fazer barulho, era bom que fosse atrás da dona, pois se ela estivesse sonâmbula podia se machucar, podia até quebrar a cabeça ou uma perna, era preciso que alguém estivesse por perto. Esgueirando-se silenciosa, Laurinda seguiu-a, viu que segurava uma vela, então estava acordada, não estava dormindo? Que ia fazer, porém? Dona Camila vestia apenas a camisola de dormir, mas não parecia sentir frio. Abriu a porta dos fundos e o clarão da lua entrou cozinha adentro, iluminando a dona, marcando a transparência do tecido, parecia que ela não caminhava, e sim pairava no ar, feito um anjo, um espírito que se levantasse da sepultura. Dona Camila saiu para o terreiro e vagava entre as plantas baixas, colhendo as flores amarelas e pequenas que nascem nessa época, e com elas ia formando um ramalhete que levava seguro junto ao peito. Parou, certo momento. Sentou-se sobre a grama e olhava a lua, nítida, brilhante e fria no céu, cortando o ar com uma luz que mais parecia uma chuva de vidro cristalino. Ficou muito tempo assim, até que pendeu a cabeça sobre os joelhos dobrados e começou a chorar alto, o corpo todo convulso. Foi o choro e o pesar mais profundos que Laurinda já ouvira em sua vida, chegou até a temer pela dona, podia ter um ataque, ela já vira muita gente que tinha ataques e era uma coisa terrível. Por que magoaram tanto a minha dona, por quê? Não se conteve, correu a ampará-la, dizendo: venha para dentro de casa, a senhora não carece tanto sofrimento por um homem como aquele, um animal, um bruto sem alma, venha para o quarto, lhe trago um chá bem forte, isso vai passar.

    Dona Camila não tinha mais vontade sua. Laurinda sentiu-a pequena, um fiapo de carne e ossos que se entregava. Levou-a para o quarto e, ao deitá-la, percebeu que a testa escaldava. Deixou-a deitada entre os cobertores, foi à cozinha e preparou uma tina com água fresca e uns panos, fez uma compressa que punha a todo instante renovada na testa da dona, parecia que a febre cedia.

Ficou ali ao lado toda a noite, cochilando aos bocados, o sono pesando os olhos, lutando por manter-se acordada, a senhora podia precisar.

Dona Camila dormiu um sono profundo, até havia momentos em que Laurinda se assustava, parecia morta. Mas não, o pulsar tranquilo do coração dizia que estava viva.

Estremeceu com a senhora tocando-lhe, acorda, Laurinda, já é dia. Sobressaltou-se. Imagine eu dormindo quando a senhora podia precisar de mim. Mas Dona Camila não precisaria mais dela: sentiu pela decisão do gesto, pelo olhar, que ela estava mudada. Viu-a abrir sua caixinha de perfumes, escolhendo um bem forte, dizendo que hoje se havia revelado a ela uma grande verdade, era uma mulher, não uma enxerga onde todos podiam pisar, ia mesmo mostrar que tinha encanto e graça ainda para seduzir um homem, tinha certeza de que poderia até recitar para ele todos os versos que sabia de cor, aprendidos no livro, suas ancas eram mesmo fortes e os seios durinhos. Nenhum homem se poria frio e indiferente em sua presença. Nesta noite havia pensado muito nas palavras de Laurinda, e chegara à ideia de que se estava gastando toda em fato imerecido, o sargento, seu marido, não valia tanta angústia e pesar. Era moça e sadia, as carnes rijas eram as melhores joias que possuía, daí por diante seria uma outra mulher, dona de suas carnes e das suas cogitações.

Isso, isso, Dona Camila, dizia Laurinda, ainda muito estremunhada, mas sentindo igual à dona uma alegria que punha seu peito todo em revolução, a senhora é ainda nova, homem algum deixará de sentir fogachos com a senhora, só se for um capado. A negra foi também à caixinha e escolheu para si um cheiro de cravo, hoje era dia de festa na casa, a dona tinha voltado à sua condição de sempre, viva! Com lágrimas alagando os olhos, viu Dona Camila mirar-se no espelho, dirigindo-se um sorriso que amolecia o coração.

Estava radiosa como o dia, faceira e fresca, a vida voltava.

Ouviram ruído de passos lá embaixo, na porta da frente.

Vá olhar, disse Camila a Laurinda.

A criada entreabriu as cortinas e espiou. O sacristão, disse, o barbudo que ajuda o padre, será o pleito do sargento?

Laurinda voltou-se para sua dona com a boca pronta para perguntar o que deveria fazer, mas estacou, muda, percebendo que ela, ao contrário do que se poderia esperar, tinha um riso aceso no rosto, uma resolução escondida, a malícia brilhando nos olhos.

A voz da dona retomou rápido o mando: diz para as negras todas da casa irem ao arroio lavar roupa e que saiam pela porta de trás, sem fazer barulho, e depois tu sobe e te esconde ali atrás do dossel da cama, anda! ligeira!

Laurinda nem teve tempo de pensar e, ao descer as escadas no atendimento da ordem, ouviu a voz de Dona Camila, voz disfarçada, quase voz de criança inocente, perguntando quem está aí? Laurinda, na cozinha, mandou que as negras se despachassem logo, e que não voltassem antes do meio-dia; retornou urgente para o quarto e fez como a dona lhe mandara, escondendo-se atrás do dossel, quase sem respirar.

Nunca as escadas pareceram tão difíceis de descer, Camila tinha o coração em sobressalto. Desaferrolhou a porta, deixando-a um pouco aberta, e subiu as escadas, já ouvindo os passos do escrivão atrás de si, os passos sobre a laje da entrada. Vestiu-se às pressas, enfiando o vestido de veludo e por cima o justilho de tafetá, levantou os cabelos, prendendo-os com uma fita escarlate. A um movimento do dossel, percebeu que Laurinda já estava em seu posto, a cumpridora Laurinda.

Desceu mais uma vez as escadas, desta vez mais acalmada, conhecedora de que tinha em sua mão uma grande comédia, uma pantomima que não sabia se a ela se entregava de tenção mesmo, ou obrigada.

Ao chegar à varanda, apenas iluminada pela claridade da porta, viu que o homem se distraía olhando para o oratório e, ao percebê-la, mostrou-se perturbado, levantou-se e estendeu-lhe a mão. Ela sentiu um leve impulso para cima, ia beijá-la, gesto habitual com as senhoras. Mas não, pareceu mudar de ideia e baixou-a, ficando só no aperto de mão, não teve coragem de considerá-la senhora.

Camila abriu a janela, correu as cortinas, procurou uma cadeira que ficasse à frente do homem, queria captar todos os sinais de seus olhos. Ele não sabia como principiar a conversa, olhando para os próprios joelhos, esfregando lentamente as mãos nas coxas, até que enfim levantou a cabeça, e perguntou como ia passando. Camila conseguiu ver então seus olhos, quase acovardados ante sua presença, o respiro entrecortado, os lábios finos apertando-se um contra o outro. Nem a barba, escura e espessa, quebrava a expressão assustada que transparecia no palmo de rosto. Não era isso que Camila esperava, não queria atemorizá-lo. Cruzou as pernas, incentivo a que fizesse o mesmo, e indicação de que ficasse à vontade, não era por ser mulher com passado condenável que ele deveria ter esses constrangimentos. Passou a perguntar sobre a vida na paróquia, agora que ela poderia frequentar com mais regularidade as missas e as novenas. Lembrou também o encontro que tiveram antes do casamento, na casa canônica, riu alto e forte ao falar no esforço que fizera o Padre Ramiro ao tentar descrever a cidade de Roma a pessoas que nunca haviam saído do Continente, nem Porto Alegre conheciam.

Ele mal respondia, rindo sem graça do que Camila falava, parecendo estar louco de vontade de sair correndo porta afora. Camila teve um instante em que sentiu um calor no rosto: o homem descia o olhar perturbado pelo seu pescoço e parava-se no colo, para depois subir aos ombros, para novamente baixar, fixando-se nos peitos.

Camila obtinha êxito na sedução, um jogo do qual não conhecia bem as regras, guiada mais pelos ensinos de Laurinda e por aquilo que toda mulher sabe de nascença. Temeu, entretanto, pelo que podia acontecer. Não estava bem segura do que queria, pois, se desejava apenas enfeitiçá-lo, ela também estava sucumbindo à atração do contido jeito viril do homem.

Levantou-se rápida, indo parar-se junto ao oratório, dizendo que não lhe podia oferecer nenhum doce ou compota, estava desprecavida, lhe perdoasse, e indagou a que viera naquelas horas da manhã.

Ele custou a entender a pergunta, a vista ainda dançando por sua cintura, por seus braços, consumindo o redondo das ancas. Mas acordando do enlevo disse o que Camila já imaginava: o pleito que lhe movia o marido. O homem à sua frente estava confuso, bastando apenas uma palavra sua, um gesto, para decidi-lo. Gostava, todavia, de conduzi-lo por seus meandros, pelos encantos que descobria em si mesma, nas mil astúcias de que não se julgava capaz até há bem pouco. Negaceava e consentia, ardilava e acedia, mostrando-se inteira, de costas, de lado, erguendo os braços na argumentação, volueava o corpo como numa dança, dominava ao completo sua faceirice, e nisso se deleitava. Prendia o homem no seu laço. Nem era preciso muito oferecer-se, pois agora inventava sutilezas de conquista, que ficava apenas nos subentendidos, nas segundas intenções, alterações de voz, piscar breve de olhos, balançar de ombros, tudo para ser percebido seu intento, mas não tanto que o homem lhe saltasse ao pescoço, mas que se mantivesse contido, ela senhora do jogo.

Agora estava a seu lado, junto ao espaldar da cadeira, e via que ele nem sequer a fitava, tenso, os olhos inquietos; respirava aos arrancos, Camila percebia como se contraíam agitados os músculos do queixo. Súbito, ele se levantou e, tirando um papel do bolso, pediu que ela assinasse, era a formalidade. Camila notou naquele instante, como uma surpresa, que ele possuía as feições mais retas e bem feitas que já vira, um certo ar assustado, um frescor úmido que parecia transformar a pele em porcelana, branca, muito branca, isto contrastando com a rudeza da barba não aparada e a roupa escura, de garança inferior e rude. Ela então tomou o papel, sem poder desvencilhar-se da visão em que se comprazia, os lábios finos que continham tanta ansiedade.

A comédia se transformava, e ela não queria que isso acontecesse, devia ser logo a dona. Pôs-se distante, junto à janela, fez que leu e assinou, sentindo-se vigiada, aprisionada, o homem a estava comendo aos poucos, era urgente retomar a comédia como havia sido ideada, a comédia onde ela o encantava, seduzia, punha-o escravo de sua garridice.

Devolveu-lhe o papel e, avançando mais do que desejava, segurou sua mão.

Seria o momento de recuar, já obtivera a confirmação de que não o punha frio, era o bastante.

Mas não queria.

A finura da pele, a retidão do rosto, a ternura pressentida no olhar colavam sua mão à dele, e pelo braço foi subindo uma quentura desconhecida, viu-se puxando o homem para cima, para o quarto, os degraus foram fáceis de alçar.

Já no quarto, completou-se a tarefa de sedução, ela seduzida, porém, abrindo a boca, oferecendo a língua, puxando o braço do homem por volta de sua cintura, deitando-se na cama, atraindo-o para si. E ele cedia ao que ela desejava, ela podia sentir o fogo que havia naquelas virilhas, no peito veludo, na fala enrouquecida, nas palavras murmuradas. Tinha-o aceso. E como acontece à carne que se chega às chamas, se esquentava também ela ao contágio da sofreguidão do outro. Por um instante prendeu a cabeça dele entre suas mãos, buscando algum sinal de dúvida, mas sorriu: ele não pensava nada, era todo dela e do fogo, o olhar era como de um boi ou de um cavalo, não atemorizava. Os golpes repetidos que Camila sentia revolver suas entranhas foram crescendo, tornaram-se convulsos, breves e descontrolados, para acabarem num espasmo que o estremeceu todo. Ela então o enlaçou com maior carinho, dando-se conta de que estava chorando, não de triste, mas de alegre, coisa nunca imaginada. O homem tinha-se entregue, tinha gozado seu corpo de mulher. E ele lhe dizia que desejava ficar sempre ali, e ao dizer foi fechando os olhos, como que morrendo. Mas tão logo dormiu, era um peso sem vontade, apenas um corpo que a sufocava; deixou de pertencer a este mundo, submerso em outra vida. Ela ali presente e ele a deixava no abandono pior, o abandono de quem está junto.

Tirou-o de cima de si, cuidando para não acordá-lo. Foi ao biombo, vestiu-se, era como se nada tivesse se passado entre ela e aquele homem que dormia em sua cama, ressonando alto.

Mas o orgulho de sua condição de mulher era uma alegria recém-adquirida, e ela bem podia, a contar de hoje, dar um sentido às suas coxas, aos seus peitos, às suas partes.

Tinha uma razão de estar viva, e portar todos aqueles atributos que antes a embaraçavam, até então inúteis e vergonhosos. Assaltou-a a lembrança da alegria quando acordara nos braços do peão, alegria nunca renovada desde aquela época, e quase esquecida, mas que agora voltava com muito mais força e verdade, porque sem remorsos.

Laurinda saiu de trás do dossel, aproveitando um instante em que o homem se virava para o lado. Ah, Camila... esquecera-se dela, que vinha pressurosa dizendo minha senhora do coração, tudo o que eu vi nunca vou esquecer, a senhora soube fazer tudo como deve ser feito, ele se entregou como um animalzinho.

Camila ficou ainda mais feliz porque via confirmado tudo o que lhe vinha à cabeça de um só golpe. Vacilou, porém, com as minúcias que a negra lhe contava, como tudo tinha-se realizado, as atitudes de cada um, as palavras que se disseram, todo o teatro, e mandou que fosse embora. O homem virava-se novamente, os olhos entreabertos, será que fingia? Chegou-se à cama. Ele se estivesse despertando sentiria logo a mão que ela pousava em seu peito, feito se afaga um cachorro ou um gato para que volte a dormir. Foi o que aconteceu: ele dormia de verdade, não havia fingimento na boca escancarada, no rosto sem tensões, nos músculos totalmente amolecidos dos braços e das pernas. Dormiu. Muito bom, Camila pensava, e foi com certa surpresa que sentiu refluir entre suas coxas o caldo espesso e quente, a marca que ele deixara.

Precisava de ar fresco, ali estava abafado, apenas a lamparina iluminando, ar de doença, de morte. No aposento dos fundos abriu uma janela. O disco do sol sobre os morros, manchado de amarelo, uma névoa de queimada pairando baixo sobre os capões, a vida seguia seu curso. As negras juntavam-se a um canto do pátio, ainda obedecendo à ordem de não entrarem na casa. Camila sorriu, era preciso dar um fim naquilo. Voltou ao quarto, o homem ainda dormia. Lembrou-se de fazer barulho, pegou um jarro ordinário e, parando-se no corredor, deixou-o cair ao lado da porta, enchendo a casa de um estrépito que cortou o silêncio da hora. Ouviu seu nome gritado, fez-se muda. Viu o homem que descia as escadas, enfiando a casaca negra. Neste preciso instante mesmo começou a ter saudades, quis ainda alcançá-lo nas escadas, mas a porta da rua já se fechara, a aldraba de ferro batendo ritmadamente de encontro à madeira. Saudade de quê? ela pensava, subindo lentamente as escadas. Mas, chegando ao quarto, deitou-se no calor dos lençóis, afundando a cabeça no travesseiro ainda quente, cheirando ao cabelo do homem; quis que a noite logo voltasse, o esperaria com novo fogo aceso.

A casa logo tomou a feição normal, as negras ocupando-se do limpar, do burnir, do cozinhar feijão cheiroso. Camila, contudo, sabia que sua vida se transformara, e com ela tudo que estava à sua volta. Nada era mais o mesmo; um sol brilhava dentro de si.

Laurinda andava esquiva, decerto percebera a inquietação de sua dona quando contou e disse tudo que olhara por detrás do dossel; Camila precisou chamá-la e dizer que não tivesse cuidado, ela mesma tinha mandado que ficasse escondida no quarto. Agora sim, quis saber os pormenores, que a negra não regateou. Quis saber tudo, desde o início, desde quando subiram ao aposento, tudo. E se refestelava interiormente com o que ouvia, assim falado naqueles modos grosseiros da escrava, com palavras que mais se poderia aplicar aos animais do que a pessoas.

E avermelhava ouvindo, mas gostava.

Súbito, lembrou-se do sargento seu marido. Surpreendeu-se de que apenas agora recordasse dele, mas foi somente para pensar, malévola, que seria bom que ele viesse enxergar tudo o que se passava com sua mulher, aquela mesma que não conseguia provocá-lo, aquela mulher que ele considerava incapaz de despertar nele os fogos da paixão.

E Laurinda falava, confirmando o quanto Bernardo se rendera às suas graças. O quanto dissera palavras não de conquistador, mas de conquistado, ela dizendo igualmente palavras de submissão, ambos, portanto, rendidos um ao outro. Seria o amor, como lia no livro de poemas? Tentou recordar-se de uma poesia, e veio apenas: gentil pastora, Nícia bela, teu amor é um passarinho, ave de estranho ninho.

Não conseguiu unir o tino dos versos com o sentido do que se passara entre ela e o homem. Eram coisas diferentes. O abraço suado, a rouquidão da garganta, o arrepio dos cabelos, as carnes abrindo-se, o choque dos corpos, tudo isso era muito diferente do amor.

Mas gostava, isso sabia.

Deu-se conta ansiando pela noite, quando ele estaria de volta. Ao ouvir bater o Ângelus, Camila perfumava a cama com alfazema, e parou um instante, em reverência à hora que passava. Sem refletir, ia pronunciando as rezas costumeiras, que pareciam tão sem sentido para a fé. As palavras estão muito longe dos afetos, só servem para impor-lhes uma roupa, um traje, sem, entretanto, explicá-los; não era verdade que entre ela e o homem tudo se passara sem palavras?

Fechou as janelas e deitou-se, ouvindo os últimos toques do sino. Queria dormir para que as horas passassem mais depressa. Antes chamou Laurinda e mandou que deixasse a porta da frente entreaberta, ela sabia por quê. Sim, disse a negra, um riso entendedor, a senhora tenha um bom sono.

Dormiu sem sonhos, acordando-se com um ruído nas escadas, e sentiu que era ele, que voltava. Ergueu-se, acendeu a vela, Bernardo? Ao que ele respondeu: sou eu! E logo estava no quarto, o mesmo homem da manhã, reconhecia as feições, o mesmo nariz reto, a figura encapotada na garança negra, a expressão dos olhos. E ela ainda era mulher, via como ele se acendia apenas à sua presença, apenas ao penetrar seu quarto.

Repetiu-se tudo o que se passara pela manhã, e, entre dormindo e acordada, Camila sentia novas e redobradas premências que não continha, entregando-se, sucumbida.

Teve um pequeno estremecimento de madrugada, quando seu sono foi brevemente interrompido pelas palavras estranhas que ao seu lado o homem murmurava, em língua de missa, de padres, sonora e cheia de *us* e de *orum*. Mas pouco ouviu, porque logo de novo adormecia, segurando a mão de Bernardo, enovelando-se em seu peito.

# 6

Há dias Padre Ramiro vinha observando como Bernardo andava desinquieto, o olhar fugitivo, os longos silêncios, o jeito distraído de ajudar a missa, os erros frequentes na lavradura dos papéis da vara eclesiástica, tudo indicando que estava de amores. Temos, pois, um Romeu, pensava ao fechar o livro onde lia as provas de Anselmo de Cantuária a respeito da existência de Deus, e onde sempre se impressionava de que a razão tenha em si mesma a ideia de um ser maior *id quod maius cogitari non potest*, do qual não se pode pensar outro maior. Portanto, Deus existe. Sorria com essa agradável ideia, o mundo estava explicado por uma razão lógica, Deus existe: não era apenas uma questão de fé irracional, mas de inteligência. Competia aos homens ajustarem-se a essa realidade inegável. As sensibilidades do espírito, porém, levam os homens ao esquecimento da verdade divina; as paixões em geral são brutais ao afastar as pessoas do reto caminho.

Mas a solidão, o que faz a solidão! pensava Ramiro, meio entendendo as vagas emoções que sentia quando, apagada a vela, o quarto às escuras, somente os pensamentos por companhia, sentia vontade de ter alguém a quem pudesse expor suas ideias, abrir seu coração, dizer eu acho, eu imagino, ao invés de, como sempre fazia, afirmar fatos e proclamar verdades certas. Onde a certeza de alguma coisa neste mundo? se até Deus, a maior certeza, d'Ele se deviam produzir provas de existência, demonstração que ocupa anos de estudo a teólogos e doutores da Igreja?

O pecado de Bernardo estava, portanto, ganhando prévio perdão, visão benévola e, se ao estado eclesiástico não fosse escandaloso, ganharia talvez incentivo e bênção. Seria uma forma de Ramiro licitamente participar de um acontecimento da carne sem faltar aos votos feitos há vinte anos ante um altar, rodeado de bispos de báculo e anel, os sinos tocando em festa, tudo tão longe, tantas terras, tantos mares e gentes passados. Tinha apenas 21 anos quando se ordenara, nada sabia da vida, vida que realmente veio a conhecer aqui no Continente, que vibrava em tantas pulsações, amores, cheiros, frutas macias e olorosas, calores úmidos, líquidos gosmentos, vapores, tudo à feição de abrandar as convicções e dar licença aos desejos que galopavam enfurecidos por dentro do peito e nos rins, como se o demônio andasse à solta.

Era fácil: Bernardo se enfeitiçava, e quem sabe já provara um corpo de fêmea? Procurava descobrir se os risinhos curtos revelavam algo mais do que apenas pressentia, se até poderia eventualmente surgir um nome, uma índia da terra, quem sabe? ou uma negra? Era tão comum que no Continente os homens brancos se amasiassem com as escravas.

Sim, deveria ser uma negra, caso contrário, por que a reserva? Afinal Bernardo era livre, não tinha votos feitos, ganhava a vida, tinha ofício.

Ao fechar o livro de Anselmo de Cantuária, tomou uma decisão. Ia falar com Bernardo, interrogá-lo, quem sabe o livrava de um grande peso? Via-o no pátio da casa, aparando penas de escrever, as películas saltando no ar luminoso, assobiava baixinho. Uma romança de amor? Vem cá, disse-lhe. Bernardo levantou a cabeça, atento. Ficou um instante olhando para Ramiro, o corpo balançava, vinha e não vinha. Decidiu-se, por fim, e ao entrar na livraria Ramiro sentiu que não obteria nada, seu auxiliar vinha com os lábios costurados, o semblante carregado, como se esperasse admoestação ou conselho. Melhor seria ir logo falando e Ramiro disse que notava uma grande mudança em seu comportamento, desatenções que não eram habituais, quem sabe queria dizer algo que não entendia, quem sabe aquilo tudo era um sinal para falar em linguagem silenciosa? Deu-lhe, portanto, possibilidade de abrir-se, dizendo que, em certo momento da vida, os homens sem votos deveriam casar-se, e que o matrimônio era um dos sacramentos mais prestigiados tanto no Antigo como no Novo Testamento, abundantes em afirmar suas virtudes. Já no Gênese estava escrito. Havia ainda a boda de Caná, de que Cristo participou, transformando água em vinho.

Foi até a estante de livros e abriu uma Bíblia, bem no início, lendo alguns trechos, todos no propósito de facilitar a confidência, mas notava que a fisionomia de Bernardo não se desanuviava, uma expressão que via nos olhos dos escravos quando apanhavam para confessar um furto e que, mesmo se não tivessem roubado, mantinham-se calados, nem sequer afirmando a sua inocência, um certo rancor que até hoje não entendera.

E então? disse-lhe Ramiro, já um pouco impaciente com aquele mutismo. Bernardo apenas olhava para uma pedra que, sobre a mesa, servia de peso para papéis.

E então, repetiu, recolocando a Bíblia na estante. A paciência também é uma virtude elogiada, pensou consigo mesmo, e mandou que Bernardo se retirasse, o que ele fez sem demora, enfiando o chapéu e voltando logo para o pátio, onde recomeçou a aparar as penas, o mesmo assobio nos lábios.

Pensou então em observá-lo melhor, pesando bem suas esquivanças no falar, as inflexões de voz, onde procurava descobrir uma ponta de lascividade. Os sinais, apesar de muito constatados, nada diziam de mais concreto, pois tanto podiam significar uma coisa ou outra, ao sabor do momento. Havia ocasiões em que Bernardo parecia muito feliz, e cantava canções profanas, aquelas de violões, para logo depois cair num profundo abatimento, em que se mantinha quase imóvel sobre a cama, os olhos cravados no teto, de fala mui pouca, só o bastante para dizer que estava vivo.

Certa noite, desapareceu. Passaram-se as Nonas, e nada de Bernardo. A fêmea, a mulher o chamava, decerto.

Nessa noite, Ramiro deitou-se com a cabeça em fogo, a imaginação dando asas ao pensamento, o que estaria fazendo Bernardo, em que leito se jogava, a que corpo se abraçava, que mil risinhos ouvia? Podia até perceber os sons abafados do amor, os gestos surpresos, tudo estava de molde a estimular os sentimentos terrenos. Queria afugentar as ideias que o assaltavam, mas elas voltavam com a insistência aguda de uma coceira ou cacoete, incontrolável. Ficou de ouvido atento quando ouviu os passos de Bernardo, observou a lista de luz cambiante debaixo da porta quando ele passava frente a seu quarto, vinha de uma longa sortida, após várias horas de calores e fogos acesos. Estaria exausto, as carnes regaladas, pisando em nuvens? E a dor do pecado, não o abatia, será? A madrugada silenciosa que se seguiu não trouxe respostas, e Ramiro só adormeceu depois de recitar as orações da manhã, isto quando já ouvia os primeiros galos.

Na manhã seguinte siá Chica assegurava que Bernardo havia voltado a altas horas e pouco depois saíra, vestido com meias de seda até o joelho e sapatos afivelados em prata. Afivelados em prata? surpreendeu-se Ramiro com o luxo para um dia comum. Além disso, não ficava bem para um escrivão da vara eclesiástica esses desperdícios, que só vira em Roma nas roupas e nos sapatos dos cardeais da Cúria. Mas esses, afinal, eram príncipes da Igreja, tinham direito. Mas Bernardo... Ia pensar – Bernardo é um miserável, de renda quase nula. Logo concedeu, generoso, que lá ele possuía o direito de sapatos afivelados em prata, é jovem e possivelmente apaixonado. Sorriu então, julgando que também seria de sua tenção de uma vez sair se pavoneando pela vila, chapéu tricorne com pluma de dois palmos, a casaca recamada de galões, véstia adamascada, um grande jabô pendente ao pescoço, um requinte de nobre displicência. Calções de seda apresilhados ao meio da perna e sapatos de cordovão com uma fivela de prata sobre o peito do pé. Tinha também seus caprichos. Por que Bernardo não poderia tê-los?

À hora da missa, quando Ramiro ofereceu a Bernardo a hóstia consagrada, este virou o rosto. Aí estava, a consciência do erro. Pelo menos não era sacrílego comungando em pecado mortal. Mas Ramiro não deixou de sentir pena do infeliz. Perde-se nos *delicta carnis*, delitos da carne.

Ao chegar na casa canônica, Ramiro foi procurado por siá Chica, que lhe pediu uma conversa em particular, tinha outra novidade para contar, esta muito reservada. Foram para a livraria e, fechados à chave, a cortina cerrada, a criada relatou o que tinha calado há dias. Ramiro foi aos poucos sentindo o coração bater mais forte, uma certa tontura, o mundo se desequilibrava, tudo girava como se tivesse bebido aguardente. Procurou uma cadeira, sentou-se, ouvindo incrédulo siá Chica contar sua história, dita com tantas minúcias que só podia ser verdade. Mas como isso começou? Ele indagava, ansioso. Pois fora desde a notificação para que a dona não saísse de casa; aliás, o padre mesmo mandava que Bernardo fosse quase todos os dias à casa da dona para verificar se ela estava mesmo lá, isso era coisa que a Vila inteira sabia. Como, a Vila inteira? Perguntou Ramiro, alarmado. Sossegue, senhor vigário, todos imaginam que se trata de serviço da igreja que o rapaz vai fazer, a seu mando, e disso ninguém desconfia; mas podem desconfiar, sabe como é a língua do povo.

Ficando só, Ramiro recompunha as ideias. Era demais! ali, debaixo do seu nariz, em flagrante desrespeito a tudo quanto é sagrado, se processava uma história galante e adulterina. Camila passou a preocupá-lo, procurava lembrar-se bem de sua fisionomia, dos cabelos, dos olhos, não se completava a figura, eram pedaços que não se uniam, era uma longa testa, ombros delicados, mas como era o resto? E a boca? Afinal, como era mesmo essa mulher? Foi à prateleira e pegou o processo de anulação. Folheou os documentos, e estava ali a assinatura floreada ao fim, formando arabescos incompletos, como se fosse interrompida. A assinatura nada dizia, a não ser que se tratava de uma mulher lida, coisa rara no Continente.

Espicaçado na curiosidade, na ânsia de penetrar em toda a história, meio com medo de conhecer tudo, Ramiro pediu seu chapéu e foi à casa de Camila.

Ela o recebeu fidalgamente, com bolos e um cálice de Madeira. Agora sim, tinha a mulher completa à sua frente, e através das distorções do cálice, e protegido por ele, via as partes uma a uma: a testa larga, os olhos lustrosos e a boca vermelha como um morango. Deixava que falasse, contando que seguia à risca a ordem de não se afastar de casa, tudo conforme o senhor vigário havia mandado. Que até na missa fora na mais pura discrição, ao fundo da igreja, ninguém podia falar nada a respeito. Declarou-se inocente do que era acusada por seu marido, uma infâmia, só o pudor a impedia de relatar mais pormenores. Ramiro demorava-se tanto na visão da mulher, que ouviu-se respondendo sim, sim, veremos, a justiça eclesiástica irá cumprir a sua missão, reflexo que é da justiça divina, a senhora tenha paciência e confie em Deus.

Pouco mais falou, despediu-se dando a mão a beijar, o que ela fez com profunda reverência, momento em que Ramiro desviou o olhar do colo suave, quase todo posto à mostra quando ela se ajoelhou.

Saiu dali com a imaginação mais apaziguada, pois não precisava muito sonhar: conhecia os atores do dramazinho, Bernardo e Camila, tão diferentes entre si e, no entanto, tão unidos na paixão. E ele notava em Camila, sob a capa da dissimulação, a veia que inchava no pescoço, o gesto nervoso, tudo indicando humores elevados ao grau máximo, a sensibilidade tensa como a pele de um tambor.

Pensou muito se mandava chamar Bernardo e, dizendo que sabia de tudo que se passava entre ele e a dona, o destituía de suas funções de escrivão, escorraçava-o de casa, abria novo processo, desta vez por adultério, mas conteve-se. Pensando bem, o fato não lhe parecia tão grave e, além disso, não chegava a culpar Bernardo que assim se esquecia de seus deveres: a dona bem poderia, à força de meneios, de modulações de voz, de artimanhas, bem poderia ela deitar por baixo qualquer restrição da mente, tanto possuía encantos, figurações de mulher.

Por isso, resolveu apenas revelar a Bernardo seu conhecimento de tudo e dar-lhe uma admoestação em regra, que deixasse de perturbar senhoras casadas e que cuidasse melhor de seus deveres. Pegou-o quando se dirigiam a cavalo em direção à chácara, e Bernardo vinha insolitamente loquaz, falando o quanto os campos ainda estavam bonitos, nessa época do ano, dizendo que deveriam ir pensando no trigo para farinha. Verdade, disse Ramiro, entretanto queria falar-te uma coisa, coisa muito séria, e queria que me ouvisse com toda a atenção. Trata-se de Dona Camila, a mulher do

Sargento Miguel. Ao ouvir o nome, Bernardo fechou o rosto, nada respondeu. Caminharam assim silenciosos por um bom tempo, até que repentinamente Bernardo deu meia-volta ao animal, rebenqueou forte e voltou em disparada, em direção à Vila, não obedecendo sequer aos chamados de Ramiro, que lhe gritava que parasse, seu desmiolado. Dando volta também, Ramiro chegou esbaforido à casa e foi bater à porta do quarto, mandando que abrisse, precisavam ter uma conversa importante. Ouviu apenas um vá-se embora, senhor vigário, tenho dor de cabeça. Cedendo, Ramiro foi à livraria, sentou-se frente aos livros, a cabeça fervilhando, o que fazer? Dar tempo ao rapaz, o mais indicado; os amores passam, como passam as estações, imagine que já é época de pensar no trigo, quando há pouco ainda colhiam-se as uvas da videira. Mas, e o escândalo? Siá Chica falara nos murmúrios que logo se tornariam uma grande torrente, incontrolável, aquilo por força acabaria mal, era visto. E estava em suas mãos impedir, quem sabe, uma tragédia. Se ele liberasse a mulher de ficar em domicílio, acabava a obrigação de Bernardo verificar se estava sendo cumprida a ordem de manter-se em casa. E daí, se Bernardo fosse lá, seria então às altas horas da noite, escondido em capas e redondos chapéus de abas largas, iria fazer tudo escondido. Chegou a rir de sua ingenuidade, então se fazia alguma coisa escondida na vila de Viamão? Era melhor, quem sabe, deixar como estava. O povo, ao ver Bernardo entrar em plena luz do dia na casa da dona, não teria o direito de suspeitar, afinal era um empregado eclesiástico, estava a serviço de um pleito. A verdade oficial era intocável, insuspeita.

Bernardo apareceu à porta, sobraçando uma pilha de processos. Olhou para Ramiro, pediu licença, entrou, depositou o monte sobre a mesa, nada falando. O rosto, porém, estava obscurecido, como se um véu de pesar e desconfiança se tivesse corrido pela face. Ramiro assustou-se do peso daquela melancolia, nunca até então percebida em seu semblante. Mais uma vez teve pena do rapaz, que de tal modo se consumia naquela paixão sem remédio, o adultério. O adultério, *ad alterum thorum ire,* ir a outro leito, segundo os cânones da igreja, crime e pecado. Era o pecado e o crime que o punham assim tão perturbado. E por que não se confessava, não largava aquela dona e ia consolar-se com mulher livre? Tudo tão fácil? Era mesmo ingênuo. Pois não esteve ele mesmo, antes do seminário, doidamente namorado de uma senhora bem mais velha, sua paixão e vida? E lembrava-se bem, não havia outra no mundo que a substituísse, era a única mulher criada por Deus, as outras eram apenas pálida sombra. No entanto, passado o amor, o que restou dela? Nem do rosto lembrava-se mais, tudo consumido pelo tempo, tudo corroído, apenas uma lembrança estéril.

Decidiu permitir que o tempo se encarregasse de tudo, fazendo que não se apercebia das negativas de Bernardo em receber a comunhão, até nem lhe oferecia mais as sagradas espécies. Não conseguiu, entretanto, trazê-lo às falas. Ouvia sua voz apenas na missa, quando respondia às orações. Entendiam-se por sinais e, à mesa, comiam no mais denso silêncio, só o barulho das louças cortando o ar. Nos assuntos da vara eclesiástica, tudo vinha por escrito, aliás os processos são mesmo feitos para que as pessoas não se falem entre si, só os despachos servindo de veículo; corta-se o dom da palavra, como se as pessoas fossem mudas.

Bernardo emagrecia, as roupas ficavam folgadas, a fisionomia escaveirada, os cabelos nem prendia mais com a fita de gorgorão negro, deixando-os soltos, caídos sobre os ombros. Siá Chica queixava-se ao vigário de que ele não trocava mais de roupa nos sábados, usando sempre as mesmas, andava que parecia um sonâmbulo. Só podia ser Camila, meditava Ramiro.

Realmente, tudo se complicava, e ele resolveu ir diretamente à dona, falar que dessem um fim naquilo, senão seria obrigado a despachar Bernardo para bem longe, abrir processo, tinha, pois, em seu poder a possibilidade de destruir o afeto ilícito que ganhava um corpo nunca imaginado.

Em casa de Camila, porém, as palavras fanaram-se em sua boca, nada tinha a dizer ou falar de que não se envergonhasse. Qualquer censura seria uma grossa desconsideração por quem o recebia tão bem, o cercava de tantas gentilezas e, mais do que tudo – não trazia sinal de adultério nem nos gestos nem na fala. Ramiro vexava-se de estar ali desempenhando um papel tão grosseiro, ele que tanto sabia de filosofia, teologia e moral.

A pedido de Camila, e como aliviado de seu embaraço, falou sobre seus estudos em Roma, acentuando as descrições das festas fidalgas, as luzes dos palácios, o Papa em sua pompa. Sentiu prazer nisso, pois as pupilas da mulher ficavam cada vez mais acesas, mais atiladas.

Certo momento, ela pareceu murchar. Comparava certamente sua vida com as descrições que ouvia. Uma sombra de breve tristeza embaciava sua vista.

Ramiro estava quase resolvido a relaxar a ordem de prisão em domicílio, via agora que se tratava de um gravame desnecessário e torpe aplicado a uma mulher sem ninguém por si. Percebeu logo que se prestara dócil a um capricho do marido poderoso e maioral, servira-se da lei para atender a um impulso provindo do orgulho ferido de sargento, homem que pouco conhecia e que a rigor também o amedrontava com seu poderio de gado, campos e currais. Disse então que iria estudar a questão de autorizá-la a responder o processo livremente, os cânones lhe davam essa faculdade.

Foi como se o sol se abrisse na varanda. Camila levantou-se da cadeira onde estava e, chegando-se muito junto, as mãos postas como rezando, disse que lhe agradeceria do fundo da alma, não iria se arrepender de depositar confiança nela, ia ver como não teria motivo de desgosto. Ramiro sentiu-se levemente incômodo com a insistência do agradecimento, ainda mais pela presença a seu lado daquela de quem tanta coisa se dizia, daquelas saias rascantes e do perfume de benjoim oloroso, do calor do hálito que chegava até seu rosto. Levantou-se também, pegou o chapéu e o breviário e pediu licença de ir embora, tinha de atender a doentes. Camila, todavia, pediu que aguardasse um instante, tinha algo a mostrar. Do armário tirou um maço de folhas escritas, prendeu-as com a fita escarlate dos cabelos, rogou que levasse para casa e lesse. O que é isso? perguntou Ramiro, sem saber se aceitava ou não. Um livro, ela disse, um livro de poesias que escrevi de cor, foi só na lembrança que escrevi tudo isso.

Ramiro leu: *Poemas a Nícia*. Sonetos de pastores, conhecia bem outros livros da mesma espécie. Condenados pela Igreja, pois falavam de amor profano. Não posso levar, disse Ramiro, não é permitido. Camila insistiu, que levasse, o livro era quase como uma confissão que ela fazia, era tudo parte da assistência que um padre devia a uma alma. Ademais, não via nele nada que fosse pecado. Tão caprichosa foi que Ramiro concordou, sob a ressalva de que levava por empréstimo, apenas o suficiente para conhecer melhor sua alma, só isso.

À porta da casa, à despedida, ficou mais do que devia na contemplação da cintura de Camila, divagando a ideia pelos botões que a ligavam ao colo branco como papel, prendendo a vista no pequeno colar de ouro e safiras que circundava o pescoço. Então Bernardo já estivera por ali? Molhando com sua baba aquelas carnes sedosas? quanto havia beijado aqueles cabelos agora soltos, a testa arqueada, a boca? E ela, o quanto gemera na paixão, com roncos da mesma garganta que agora dizia louvado seja Nosso Senhor Jesus Cristo?

Em casa leu todo o manuscrito de uma só vez, reparando na letra cheia de arestas e caída para o lado esquerdo, diferente de todos os talhes aprendidos, coisa de fantasia de mulher, isso o prendia mais que os versos, tão pobres e destituídos de valor. As margens das folhas estavam adornadas de flores e vinhetas de toda espécie, tudo riscado em tinta violeta e vermelha, com pena de ave.

No dia seguinte, fez tudo para não se lembrar de Camila, mas a imagem ia e vinha a todo instante, mesmo quando procurava concentrar-se nos seus deveres. Retomou várias vezes os poemas, fixando-se nos pequenos desenhos marginais. Que devaneios da alma significavam? Que momentos de tédio e desolação?

No domingo, acabada a missa, enquanto falava no púlpito, reconheceu-a entre os inúmeros negros postados ao fundo da nave. A partir daí atrapalhou-se com os pensamentos, divagando palavras sem nexo e que nem pareciam saídas de sua própria boca, tanto que não correspondiam ao que queria dizer. Ela o fitava diretamente, provocante e imprudente. O cheiro das flores, o suor das roupas, as tosses secas, tudo vinha misturado; sentiu falta de ar, a garganta ardida. E ela ali, desafiante e dona de si, dominava-o. As vestes litúrgicas de repente tornaram-se um grande peso, uma formidável mortalha que prendia seus gestos, embaraçava seus membros, transformando-o em ser subjugado, não conhecendo mais o que dizia. Ia encerrando o sermão em meio quando, com alívio, a viu sair da igreja, acompanhada de Laurinda, e ele mais uma vez pôde voltar a falar com desenvoltura. O suor secava na testa, era mais uma vez senhor de seus músculos e ideias. O perigo havia passado, mas podia constatar que seu corpo todo ainda tremia de susto e pavor.

Terminado o sermão, voltou rápido à sacristia, tirou os paramentos, fez as orações de estilo, persignou-se e, ao sair, encontrou Bernardo, que o aguardava. Ao ver sua expressão, estacou. Bernardo estava de braços cruzados, de pé junto ao último degrau da escadinha, o olhar arrogante e adverso. Nada falou, porém. Limitava-se a encarar Ramiro, a vista dura e penetrante. Que devia fazer? Avançar, derrubando Bernardo, ganhando a rua? e se ele reagisse? Lembrou-se: não tinha nada a temer ou ocultar, a alma e as mãos limpas. Bernardo sim é que era criminoso, pecador, é quem deveria ser ameaçado, expulso da Vila, preso quem sabe. Estufou o peito, alçou o queixo e caminhou em direção ao homem, até parar à sua frente. A presença de Bernardo nunca fora tão forte, pois adquiria tino próprio, coisa nunca notada antes na subserviência com que corria a atender às suas determinações. E o homem nada dizia, apenas a testa baixa, ameaçadora, respirando forte, as ventas dilatadas como uma fera prestes a arrojar-se. Ramiro todavia venceu a fraqueza que sentia abrandar seu peito e mandou alto que se afastasse, tinha de passar. Para sua surpresa, Bernardo obedeceu, pondo-se de lado. Ramiro, ao cruzar, sentiu que ele ainda o seguia com o mesmo olhar de rancor, um punhal cravado em sua nuca.

Na livraria, Ramiro pensava o que fazer, era mesmo de dar um fim a tudo, mandando Bernardo embora? Ou deveria logo relaxar a prisão da mulher, determinando que fosse para a casa dos pais? Se a mandasse embora, entretanto, iria perdê-la. Como, perdê-la? Perguntou-se inquieto. Remoeu as ideias emaranhadas, deu-se conta de que não a queria longe das cercanias da igreja, queria-a subalterna a seu poder, mesmo que ela o perturbasse e o pusesse fora de si quando a via, a esperta mulher, cheia de malícias.

Envergonhou-se de que estivesse assim disputando com Bernardo o interesse de Camila, feito dois homens comuns que se embebedam e porfiam por amor. Um pensamento foi-se avolumando então, uma certeza: Bernardo andava assim rancoroso porque o vira entrar na casa da mulher. Só podia ser isso. Os enamorados são donos das pessoas por quem se apaixonam, querem tê-las só para si. Assustou-se ao pensar que também ele agora não queria que a mulher se afastasse da Vila. Não era isso estar de amores? Foi à janela, olhou longamente para a casa de Camila, olhou as torres da igreja, sondou suas entranhas, procurou lembrar-se da mulher que amara, no Reino. Nada havia de semelhante. Mas lá estivera de amores ou era só um gosto pela carne macia que se entregava? ou só bazófia ante os colegas de estudos?

Nesse almoço, Bernardo ausente da mesa, Ramiro bebeu dois cálices a mais do costume e meteu-se na cama. Começou a chover fininho, e a água escorrendo pelo beiral, um rumor tranquilo fez que logo estivesse dormindo. Havia uma grande quietude lá fora, só os sapos, alegres com o tempo, se desafiavam na cantoria.

# 7

Os culposos primeiros dias do pecado são os mais difíceis de suportar, pensava Bernardo quando saiu da casa de Camila, após a primeira noite, esquecido de que devia respeito àquela casa. Esquecido, depois de fugir aos momentos de tentação que o assaltavam logo que a tarde morria e o desejo se instalava no peito e no ventre, quente e assustador. Mas o remorso passa, ele cogitava quando rezava as Vésperas ajoelhado ante o altar solitário; sabia até de bandidos que ressentiam da primeira morte que levavam nas costas, mas que depois se acostumavam ao ofício de sicários, até podiam chegar-se à igreja e às novenas com o espírito desafogado. Os primeiros dias, contudo, são os mais angustiosos, os dias de acostumar-se ao pecado. Por isso, fugia aos olhos indagadores do padre, sempre uma pergunta nas íris cinzentas, cuidando de seus mínimos gestos, como se o estivesse censurando.

Agora Bernardo já nem sabia bem o que fazia, perigava errar nos deveres, aqueles olhos cravados como se soubessem de sua culpa de estar frequentando a casa de Camila, as escapadas à noite, enfim, tudo.

E o pecado nunca tivera um sabor tão atraente, Camila envolvera-o todo, deixando-o preso, como agrilhoado. Noite após noite Bernardo descobria novas voltas no espírito da mulher, assim como desvendava os mistérios daquele corpo. Toda ela possuía encantos renovados, partes de demônios. E as suas falas eram diferentes de qualquer mulher que já pusera o pé na Vila. Declamava versos a qualquer pretexto, bonitos por certo, só que não fazia muito sentido falar em amores de pastoras nos momentos em que desejava tanto que ela dissesse mais eram indecências e cantasse canções de violas. Enfim, era seu jeito. Seu corpo cheio de fogo nos instantes em que se calava, só o sangue comandando, isso o fazia esquecer de tudo. Voltava para casa com a cabeça repleta de ideias, mas em especial uma o preocupava: que ela o deixasse por outro. Bem que poderia fazer isso. Assim como se deitara com ele, podia escolher outro que a saciasse mais. Confortava-se com a própria imagem que via no espelho de cobre, decerto foi seu feitio de macho que a pôs tão fora de si, com certeza foi isso; e repassava mentalmente os homens do lugar, todos interessados mais em suas lavouras, em seu gado, rudes de pés rachados, pouca fala, sem o poder de chamar a atenção de uma dona como aquela. Ele conseguia chegar às finezas do espírito, tinha o cargo de escrivão e belas barbas. Era imbatível.

Dormia somente após estas reflexões, que tinha que repetir cada noite para que o sono viesse.

O outro dia amanhecia pejado de temores. Mal o céu se iluminava e o mundo se recompunha, os deveres obrigavam Bernardo a sair da cama. Era como se a noite anterior fosse toda um sonho, um entontecimento parecido com o vinho. Tinha de correr à porta e olhar o sobrado de Camila, ver se ainda estava lá. O pior eram os olhares que não conseguia repelir, o padre não dando trégua, parecendo saber de tudo, e decerto só não falava para ver até que ponto levava toda aquela comédia, o pecado.

Certa vez Ramiro foi aos fatos, e chamou-o para indagar se não andava de amores. A reação foi de brabeza, pois como se atrevia a falar daquele jeito desabusado? Nem eram falas de padre. Onde se viu, amores? Certo é que naquele instante a lembrança de Camila veio súbita, e fez por iludir-se, não andava de amores por ela, nisso o padre não tinha razão. Aquele era, aliás, assunto muito seu, e não saberia nem dizer se eram mesmo amores, ou qualquer outro nome que as pessoas inventavam para o sentimento; a rigor, já nem sentia como pecado, era uma coisa que acontecia, pronto, e ninguém podia se dar ao desfrute de estar retirando nomes de livros para aquilo que sucedia de modo tão fácil de ser entendido por ele, tão diferente de qualquer frase dos livros.

Quase riu quando Ramiro falou-lhe da possibilidade de casar-se, não tinha votos como os padres. Baixou a cabeça e nada respondeu, senão ia dizer que sua reverendíssima enganava-se de modo completo, nada conhecia da alma humana.

Naquela noite, contou a Camila a fala que tivera com Ramiro. Ela, ao invés de rir com ele, ficou pensativa e indagou depois muitas coisas sobre o padre, qual a sua idade, o que preferia comer, quais os livros que possuía na livraria. Bernardo surpreendeu-se com todo aquele interesse, e respondeu com impaciência evitando os pormenores, arrependido de ter falado no assunto com o qual esperava apenas ter uma hora divertida. Mais contrariado ficou quando a procurou e, ao contrário das outras vezes em que ela se entregava mansamente e sem reservas, Camila mostrou-se resistente às carícias que sempre a conquistavam. Bernardo então buscou seus olhos, e eles não estavam fechados, no envolvimento do gozo, mas bem abertos, o pensamento longe, como quem diverga coisa diferente daquilo que se passa com o corpo. Perguntou-lhe o que havia acontecido, ao que ela disse apenas: nada, estava só pensando. Mas o quê? Nada indagou, medo de ouvir a resposta. Levantou-se, enfiou as calças e, decidido a tornar claro o quanto se desagradava, abandonou-a, desceu as escadas, sem despedir-se. Mas, ao pôr a mão no trinco, a saudade já começava a despontar no meio da raiva e ele voltou, parando junto à porta, observando Camila.

Estava mesmo alterada, uma atenção dançando nos olhos que percorriam toda a sua figura, de cima a baixo; mas não o olhar do desejo, mas aquele da censura, da reprovação. Que pareço? Perguntou Bernardo, inquieto com a inspeção despropositada. Camila recostou-se melhor no travesseiro, pôs as mãos sob a cabeça e disse, após pensar um pouco, que o queria mais bonito, quem sabe com um trajo de domingo, e não aquela garança que o punha tão escuro, tão fúnebre. E quem sabe possuía sapatos mais brilhosos, de fivela de prata? Bernardo olhou para os pés, enfiados em grossas botas de meio cano, as biqueiras enlameadas, a calça ordinária que caía fofa. E depois, daí para cima, até o pescoço, a casaca negra como a morte. Sentiu o próprio cheiro, levemente enjoativo, de lã molhada e couro mal curtido. Camila perfumosa, óleo brilhante na pele, cabelos ajeitados, sumida entre os lençóis de linho bordado. Teve a nítida sensação do quanto estava distante daquele mundo, nunca tivera cuidado de olhar mais demoradamente para si, para sua imagem inteira. Carregava seu corpo embrulhado em qualquer andrajo, era um sujo, um animal. Ela não poderia querê-lo assim. Envergonhou-se de que estivera até então nauseando as pessoas que o cercavam, em especial Camila, tão bonita, tão branca, frágil.

Disse-lhe que estava decidido a mudar, ia aprumar-se, ela o veria trajando como fidalgo da terra, com tudo que era seda e verniz, que esperasse. Foi até a casa, tirou da arca um trajo de gala, recendendo levemente a mofo, herança de um finado da freguesia, e verificou com novos olhos os calções de seda branquíssima, a véstia de brocado e os sapatos de verniz. Espalhou tudo sobre a cama, como se fosse um tesouro recém-descoberto. Nunca pensou seriamente em usá-lo. Meio sem pensar vestiu a indumentária, sentindo por primeira vez como era macia a camisa de linho, como corria gostosa sobre os ombros, e como os calções arrepiavam a pele ao contato gelado, e as meias como modelavam, justas, as pernas até o joelho. Os sapatos custaram a entrar, mas assim que os calçou de todo, o brilho faiscando nas fivelas, constatou que pouco faltava para ser um dos homens de bem do Continente, era tudo uma questão de roupas preciosas e caras, feitas com esmero e bom pano. Rapou a barba, ficou com o rosto liso como o de uma criança. Buscou furtivo um pouco de polvilho na despensa e, sem refletir mais, esfregou-o nas bochechas, na testa e no queixo. Mirou-se ao espelho. Era uma imagem branca, curiosa, estranha.

Posta a véstia e a casaca, o chapéu tricorne um pouco saltado sobre o cimo da cabeça, ganhou a rua. Caminhava empinado, fazendo toc-toc com os saltos sobre a laje do calçamento, imitando o andar dos mais aquinhoados da fortuna. Sim, o que o diferençava dos outros? Acaso deveria contentar-se com um destino obscuro, a espinha curvada de tanto debruçar-se sobre os processos, os cabelos alvos do pó dos livros? Não, ele podia sonhar outras alturas. Uma dona o esperava, e ia vê-lo galante, só faltando a espada à cinta para compor-se totalmente. Isso dava-lhe a certeza de que não precisava conformar-se com a sorte que aceitara para si como definitiva; outros alces agora queria, isso pensava quando subia as escadas do quarto de Camila.

Ela o recebeu com um ah! de espanto, levantou-se da cama, rápida, indo agarrar-se ao seu pescoço, subitamente dócil, entregue. Beijou-o com os olhos fechados, encostando-se toda. Depois afastou-se, olhando-o melhor, balançando a cabeça em aprovação pela rica indumentária. Passava a mão sobre a véstia, uma expressão de enlevo nos olhos apertados dizendo meu amado, minha joia, como está bonito. Parou-se mais longe, mirando as fivelas de prata. Um orgulho esbraseou o rosto de Bernardo, que pôs a mão na cintura, encolheu o ventre e deu meia-volta, uma pirueta galante, como faziam os peralvilhos. Ela bateu palmas, correu novamente para ele, beijou-o uma vez mais, caminhando a boca pela sua testa, pelo nariz, repetindo meu querido, meu pastor, minha avezinha de tardio ninho. Bernardo encantava-se que estivesse provocando tantos arroubos, imagine o que faz um trajo na alma das mulheres. Ela então foi até a cômoda e trouxe um retratinho, pintado em porcelana, entregando-o, dizendo é teu, fica com ele, é o único que tenho, mas é teu, em comemoração por este dia. Um retrato como tantos, mas era ela mesma, podia perceber pelo caracolado dos cabelos, a boquinha vermelha, o queixo graciosamente projetado para frente, a testa redonda. Levou-o aos lábios, outro gesto galante, coisa de fidalgos não da terra, mas do Reino. Ela juntava as mãos, na expectativa se Bernardo aprovava. Alegrou-se quando ele o pôs no bolso, numa atitude de quem guarda um tesouro, tudo feito para a impressionar ainda mais.

Teve uma das noites mais amadas e tempestuosas desde que conhecera Camila. Ela falava seus versos a todo instante, mas desta vez os entremeava com a paixão da carne, eram uma coisa só. Bernardo nem sentiu as horas que passavam e, exausto, viu que novamente amanhecia na Vila, e precisava regressar, iam dar falta, seria sua perdição, ainda mais assim vestido como estava. Despediu-se, e num jato estava em seu quarto, onde tirou as roupas de gala, pondo por cima do corpo a velha casaca de garança, que nesta ocasião lhe pareceu ainda mais negra, verdadeira mortalha. Com pesar, descalçou os sapatos de verniz, substituindo-os pelas botas odientas e opacas. Devia retornar a seus deveres de acender as velas do altar, ajudar na missa, assumir o verdadeiro papel que a vida lhe destinara.

Quando Ramiro ofereceu-lhe a hóstia, virou o rosto. Aquela fração de Jesus Cristo Salvador, tão branca e pura, era uma acusação pela longa noite, por todo o desvario dos sentidos, não podia comungar sacrilegamente, sentindo no bolso o toque suave do retratinho de porcelana, tão perto do sexo, tão próximo do pecado. Para seu próprio espanto, Ramiro não pareceu agastado, simplesmente destinou a hóstia a André, como se nada tivesse ocorrido. Isso foi o bastante para deixá-lo com receio de que o padre já o considerasse definitivamente perdido, entregue previamente às chamas do inferno, já conhecesse toda extensão do crime a que se entregava com todas as suas vísceras. À saída da missa, quis falar-lhe de fatos comuns da vida, as criações de gado, enfim tudo que não é pecado, mas Ramiro pouco respondia, só dizia sim, não, talvez. Seu temor aumentou quando, depois da sesta, viu-o sair em direção à casa de Camila, voltando de lá depois de um bom tempo. Teria ido falar de caso pensado com ela? teria mandado que ela se comportasse, que tivesse ciência do enorme pecado em que submergia?

Nessa noite, mal chegado, foi logo perguntando pela visita do padre, se era coisa que deveriam temer. Camila respondeu-lhe que não era preciso cuidado, viera apenas para saber de suas condições de vida, se estava bem, se precisava de alguma coisa. Bernardo aliviou-se, mas não tanto quanto desejava, pois a mulher voltou com as perguntas sobre o padre, indagava assuntos que o inquietavam, afinal por que ela se mostrava tão curiosa?

Nos dias seguintes, Bernardo viveu num contínuo sobressalto, aguardando a qualquer momento que Ramiro o interrogasse de novo, e desta vez com um propósito certo, Camila. Procurou bajulá-lo, tornou-se cordato, esmerava-se nos seus deveres de escrivão e acólito, sem nenhum deslize, era um exemplo de devoção e cumprimento dos misteres. Espaçou suas idas ao sobrado, já não ia todas as noites para não despertar suspeitas, tornava-se cauteloso. E, quando ia, nem se demorava muito, embora estivesse ardendo por ficar mais, pelo menos até as Matinas. Porém, o temor era maior que tudo, e despedia-se muitas vezes sem que tivessem ocupado o leito, só nas conversas, abraçados. Mesmo com esses cuidados, sentia-se cada vez mais preso à mágica daquela casa, às paredes brancas, ao dossel adamascado, à lamparina de luz oscilante. Aquilo tudo já era de sua pertença.

Certa tarde em que iam à chácara, montados lado a lado, Bernardo elogiando os campos, tudo na tenção de conquistar Ramiro, o padre o indagou repentinamente e sem aviso a respeito de Camila. Aquele nome, pronunciado assim, sem nenhum preparo ou ajuste, caído daquela boca estranha, foi como se o tivessem acordado de um sonho. Veio à cabeça tudo junto, todo o enredamento dos amores, o quarto quente e perfumado, as longas vigílias de abraços afogueados, as emoções soltas sobre a cama. E o padre ali, cavalgando a seu lado, falando bem tranquilo, como se fosse o acontecimento mais natural deste mundo. Que sabia ele de amores e paixões? Mirou-o de relance: percebeu uma ponta de ironia ou deboche no canto da boca. Foi demais. Deu a volta, esporeando a montaria, rumando a galope largo para casa, ouvindo atrás de suas orelhas o grito que o chamava Bernardo! Bernardo! Que se danasse, o padre ia ficar sem resposta; se achava que podia assim dominar sua vida, estava enganado, Camila era só sua, era seu aquele quarto onde ninguém tinha direito de penetrar nem por suspeita ou indagação.

Deitado em sua cama, o tropel do cavalo ainda reboando na ideia, o padre batendo furiosamente à porta, querendo entrar, pensava como assuntos de amor pertencem só à criatura que o sente, e como é rude ouvir-se o nome querido assim pronunciado por outro homem, mesmo para um conselho, um padre.

Resolveu então partir da casa canônica, onde sentia repreensões de todo lado, desde siá Chica que o servia de menos comida, talvez sabedora de tudo, até o salário que o padre deixava sobre a mesa com o nojo e a displicência de quem faz favor. Ou estava enganado, e tudo era uma perturbação que o amor fazia nos seus afetos? Não, tinha certeza de que o queriam longe. Partir sim, mas para onde? Que outro ofício podia arrumar para ganhar a vida? Ocorreu-lhe inscrever-se como soldado de dragões, mas lembrou-se logo de que com isso deveria partir para as guerras, ficar longe de Camila, curtindo o frio e medo nas paragens do Rio Grande, fugindo do castelhano vil de fala atravessada.

Mas o que mais lhe doía era afastar-se de Camila, agora que tudo estava marchando bem, a carne acalmada, as sutilezas do espírito feminino há muito desvendadas.

Engano-me, ele pensava quando, na mesma noite, ouvia de Camila que agira muito mal deixando o padre sem resposta, afinal Ramiro era um ministro de Deus e estava querendo apenas aconselhá-lo, fora muito grosseiro fugindo daquele jeito, e além disso não tinha certeza de que o padre já conhecia tudo o que se passava; quem sabe queria apenas tratar de outro assunto, quem sabe do pleito, coisas de justiça?

Assim falava Camila, deixando, entretanto, uma pergunta no ar, sua interrogação não era uma afirmativa disfarçada, era sim para ser respondida, e ela ansiava pela resposta, os olhos bem abertos, uma certa indagação nas pupilas: afinal o padre sabe ou não sabe? E a Bernardo parecia que esperava uma resposta: sim, o padre sabe de tudo. Era só esta resposta que a interessava, era visto que ela desejava o padre sabedor de tudo, era um gosto que pressentia muito claramente, agora que ele a conhecia melhor, suas tenções do espírito. Camila não dizia isto, é certo, mas seu gesto impaciente era como se quisesse ouvir logo as coisas que seu coração esperava. Bernardo quis furtar-se de responder, não porque tivesse muitas dúvidas, mas porque cultivou naquele momento um prazer muito fininho em ocultar qualquer notícia sobre as intenções do padre. Fez-se displicente, a mulher se remoendo em dúvidas, sem coragem de perguntar mais nada, a decência. Cobrava-se assim do repentino e descabido interesse que ela mostrava por Ramiro, afinal o que o padre tinha melhor que ele? o latim? latim Bernardo também sabia. Mas outras virtudes, como ser dono de seu nariz, entender versos, possuir mãos finas e aristocráticas, conhecer Roma, o Papa, participar do mistério da eucaristia? Pensando bem, Bernardo nem chegava às solas de suas chinelas.

Constatou aterrorizado que estava a léguas de distância de Ramiro; naquele mesmo instante começou a sentir-se estranho àquelas paredes, até Camila mudava-se, era outra, o pensamento e a imaginação voando longe, outro interesse despontava em sua vida que não era ele, Bernardo. Aquela cama, até pouco bem familiar, agora deixava de ser sua, como se uma formidável mágica a tivesse transmutado em objeto inacessível às suas pretensões vulgares. Segurou ambas as mãos de Camila, na esperança de ainda senti-la sua, mas, por mais que as apertasse, percebia que Camila escapava entre seus dedos, de novo a distante mulher que antes povoava seus sonhos. Nem aquela carne seria mais de seu uso, adquiria uma estranha dignidade, que a colocava num plano impossível de ser alcançado.

Deu-se conta de que estava chorando quando quis dizer: Camila, querida, o orgulho maltratado. Beijou aquelas mãos frias e, sem dizer nada, sem esperar que a mulher lhe falasse alguma mentira e falsidade, deixou-a, descendo as escadas como se fosse a última vez. A sensação de que perdia para sempre um mundo de amor e beleza, Adão sendo expulso do paraíso. Na rua, vinha caminhando pesadamente. A lua corria gélida por um céu de nuvens translúcidas, o vento batendo no rosto. Parou, voltou-se para a janela de Camila, fechada. Nem por um último arrependimento ela viera à janela, tudo mesmo encerrado, só lhe cabendo esperar dias de sofrimento e de pesar.

No quarto, abriu o baú e tirou as roupas de peralvilho, mais uma vez desdobrando-as sobre a cama. Num assomo, vestiu-as todas, a raiva e a humilhação pondo seu espírito por terra. Deitou-se depois, já uma nesga de insinuante nostalgia aparecendo em meio a tantos humores. Estava demais preso àquela mulher. Afinal, por que se vestira daquele modo efeminado e inconsequente, senão para, mesmo à distância, agradá-la, como se ela pudesse vê-lo assim enfiado nas roupas que um dia a fizeram contente, toda ela entregue? Adormeceu com a sensação de que amanhã tudo estaria composto, e suas suspeitas fossem apenas fruto do ciúme que corroía um a um os desvãos de sua alma.

Ao acordar-se com o sino de siá Chica, viu que sucumbia à realidade de seus dias e, despindo-se rapidamente, recolocando as roupas no baú, pensava como não poderia mais ter esperanças, Camila já pertencia às lembranças corroídas pelo tempo, perdidas no passado, como a imagem da mãe, coisa que nem se sabe ao certo se existiu de verdade.

Ramiro não perguntou nada sobre o ocorrido na tarde anterior, pretenderia dar a impressão de que não se importara? Por via das dúvidas, igualmente não tocou no assunto, aliás cortou totalmente qualquer fala com o padre. Cumpria suas funções com todo rigor, nada fazia que fosse reprovável, atochando Ramiro com petições, cartas judiciais, juntadas, alvarás, dando-lhe trabalho, revivendo velhos processos esquecidos. Por vezes, observava o padre despachando os papéis, debruçado sobre a mesa, constatando que era de fato um homem com todos os predicados, fácil de tornar qualquer mulher enamorada daqueles olhos cinzentos, do leve perfume que tresandava, os dedos finos correndo sobre as páginas. Ramiro escrevia, devolvia-lhe os processos olhando-o muito diretamente, com receio também de falar, indicando apenas a altura do processo em que havia dado o despacho. Era um consolo descobrir que não se precisavam falar, tudo resolvido com os interlocutórios lançados no meio da lide, ambos sabendo o que deveriam fazer, bastando consultar os cânones. Nunca mais tocaram no pleito do sargento, num acordo mudo.

O tempo corria com muito vagar, e uma tarde Bernardo procurou reencontrar-se no espelho. Viu-se destruído pelos cabelos esgrouvinhados, pela tez quase cadavérica, os encovados das bochechas, um avantesma. Era o esforço do corpo para esquecer Camila, o que sabia impossível; era uma farsa que fazia consigo mesmo, uma grossa mentira. E a imagem da mulher veio tão forte como nunca, e sem dar-se conta saiu de casa, subiu até a torre da igreja e de lá, oculto entre as engrenagens do sino, olhava fixamente para o sobrado. A casa silenciosa. Sinal de nenhuma vida. Tudo parecia abandonado. Mas não, uma janela se abriu e Camila apareceu. Olhava para os lados, desatenta. Súbito, Bernardo avistou uma sombra escura que vinha caminhando, era o padre que chegava à porta do sobrado, bateu com a aldraba e em seguida Camila sumia no interior da casa, decerto para mandar atender. De fato, logo Laurinda abria a porta e o padre entrava. Acompanhou o movimento: igual como acontecera consigo, a janela da varanda era entreaberta e corria-se a cortina, que estarão pensando, que estarão falando os dois? A imaginação era muito poderosa: agora conversam, agora ela se chega mais perto, e Ramiro treme de desejo, ela se oferece, agora toma sua mão, leva-o para cima, sobem as escadas, tudo certamente ajustado por bilhetes que ele nunca suspeitara. Imaginou tanto a janela do quarto sendo fechada que quase a viu fechada, era um sonho, uma visão danosa, fruto do seu espírito sombrio. Quase ficou alegre ao ver que a janela permanecia com os tampos abertos, tudo, pois, sem pecado ou malícia.

Recostou-se melhor no vão da torre, os olhos grudados na casa, e nada acontecia. Mas instilava-se na alma uma suspeita. E se usaram outro aposento, nos fundos, para não despertar desconfianças, Laurinda cúmplice de tudo? E se, justo neste momento em que ele acalmava suas dúvidas, estivessem entregues, corpo a corpo, abraçados, Ramiro penetrando os dedos naqueles cabelos de seda e ouro? Sim, possivelmente se abrigaram em um dos galpões do pátio, ela desamarra os peitilhos, ele sôfrego, nervoso, apalpando com a fina mão anelada os recônditos da cintura, os seios, adentrando as intimidades, ela, afinal, não era uma puta?

Tomou do pescoço o retratinho oval, que trazia pendente por cordão, olhou-o mais uma vez. Quase uma centena de vezes estivera na contemplação do rostinho dócil, da carinha de marfim, uma boneca de lábios pintados, tão imunda, porém, e tão entregue como uma dona de soldo alçado. Sua ideia era forte a ponto de não mais achá-la bonita, mas um monstro de fealdade. Arrancou o cordão, ia jogar fora o retrato que agora não tinha mais valor. A mão parou no meio do gesto, pois logo o arrependimento o fez pensar que poderia estar-se enganando, no enxovalho de uma pessoa que talvez fosse um anjo de pureza. Mas como seria um anjo, se já traíra o marido? E se fosse verdadeira a acusação do sargento, ela não era mais virgem quando casou. Agora tinha novas dúvidas, e que cresceram até doer quando viu que se fechava a janela do quarto de cima, a confirmação de tudo, e um vômito incontrolável subiu pela garganta. Dobrou o corpo sobre o parapeito, parecia que lhe vinham pela boca todas as entranhas, em arrancos e convulsões. Ah, Camila, ah, Camila, ele dizia a cada nova investida do estômago, desejando até que rebentassem todas as paredes internas do corpo, as veias se abrissem, o sangue escorrendo do alto da torre. Levantou os olhos, a janela continuava fechada, não fora sonho da imaginação, era a verdade mais cruel a que assistira na vida.

 Cambaleando, desceu a estreita escada e chegou à casa canônica imerso no mais fundo sofrimento, o qual pouco a pouco transmutou-se em raiva visceral, entranhada, incontrolável, aquela dos assassinos. Correu até a cozinha, pegou uma faca de desossar carne e parou-se atrás da porta do quarto, olhando pela fresta das dobradiças de couro, suando muito, a respiração entrecortada, espreitando o momento em que Ramiro entrasse na varanda. Ia sangrá-lo como a um animal. Retesou-se todo, o padre chegava. Viu-o dirigir-se à livraria e pôr sobre a mesa um maço de papéis atados com a fita escarlate dos cabelos de Camila. Segurou com força o cabo da faca, teve súbita pena de si mesmo, quase um homicida, mais espectador do que participante de um amor que via surgir a seus olhos, ele nada podendo fazer. Quis realizar logo o que ideara, mas o corpo não obedecia, estava todo travado, imóvel, incapaz de mover-se, os olhos entendendo o que se passava. O padre punha os óculos, desamarrava o maço de papéis, sentava-se, lia, olhava absorto através da janela, decerto meditando as palavras.

 Não, Ramiro estava muito acima do mundo mesquinho e pequeno em que Bernardo envolvia seus dias; o padre era, isto sim, um homem de ilustração, afeito às coisas superiores do espírito, nem entenderia o instante único em que a faca penetrasse em seu peito, certamente atônito ante tanta fúria. Bernardo nem veria o resultado de sua ação, nem veria o temor nos olhos, nem pânico ante os últimos instantes de vida, nem arrependimento. Baixou a faca, olhou com desdém a lâmina cintilante. O tênue perfume de água de cheiro do vigário pareceu tornar-se mais intenso, como a afirmação de sua presença na casa onde imperava como um rei. Bernardo pousou a faca na cômoda e fez o sinal da cruz, livre-nos Deus Nosso Senhor de nossos inimigos, amém.

Teve um sono agitado naquela noite, repleto de pesadelos tenebrosos em que escalava uma grande montanha e, chegando ao topo, um enorme dragão de boca chamejante o aguardava, as faces tintas de sangue, os olhos como dois fantasmagóricos rubis, o Mal. Queria vencer o monstro, mas este era muito maior do que imaginara, e, sempre que Bernardo se aproximava, saía um jato de fogo da grande bocarra. Nenhum poder no céu ou na Terra poderia vencê-lo; ao seu redor, caveiras espalhadas. Foi um alívio quando acordou e viu-se em sua cama, tudo muito normal, nem sinal do monstro, tudo sonho, um dos tantos que o assaltavam durante a noite, nos últimos tempos.

Era um domingo, santo. Quase agradeceu a Deus estar vivo e não ser um homicida. Fazia um dia muito bonito, de céu azul e um ar fresquinho de outono.

Muito cedo encaminhou-se para a igreja e ali, no silêncio e na penumbra, ajoelhou-se, tentando rezar. O cheiro dos corpos putrefatos era naquele dia muito forte, e quebrava a mágica do instante, trazendo de volta as emoções por que passara no dia anterior, feito uma acusação pelos pensamentos que ensombreceram sua alma. Estivera a poucos momentos de tirar a vida de um homem, e uma densa nuvem começava a obscurecer o horizonte, fazendo com que todas as coisas perdessem a cor, nem de rezar tinha ânimo. E, se dormindo, no ardor do sonho, tivesse mesmo praticado o crime, o padre agora jazendo na cama ensanguentada? O sonho da imaginação via siá Chica chegar à porta, bater, nada ouvindo, abrindo-a, um grito de horror na manhã que nascia, as milícias penetrando no quarto, dirigindo-se à igreja, vinham buscá-lo com ferros e algemas. Preparou-se todo para quando adentrassem, cautelosos, pelo lugar santo, tirando os chapéus, mas determinados em agarrá-lo, a forca já pronta no centro da praça, o povo despejando-se pelas ruas, curioso em presenciar aquela morte. Seus músculos ficaram rijos, à espera. Mas o tempo passava e nenhum sinal de soldados de milícias, era tudo sonho. Foi um momento de felicidade quando enxergou André. O rapaz olhou-o, ergueu os ombros, interrogando o que fazia ali parado, ao que Bernardo – a gratidão e o desafogo enchendo o peito – fez-lhe um sinal de que estava tudo pronto, que fosse vestir os paramentos.

O povo acorrendo, logo a nave enchia-se. A missa transcorreu com a mais profunda piedade, Bernardo procurando desincumbir-se de seus deveres com a unção que dele esperavam. Ramiro estava em dia inspirado, e cumpria os gestos rituais com a imponência de um santo, a casula dourada brilhando ao sol que descia pelas janelas, o incenso entontecedor inundando a capela-mor como tentáculos do mistério que mais uma vez se passava naquele altar de toalha branquíssima. Ao Glória, Ramiro abriu os braços, as mãos espalmadas em direção ao Senhor, era de fato um santo, estava a um degrau de Deus, podia comunicar-se com Ele, todo o resplendor divino rebrilhando em sua face. Ao *Agnus Dei* ele se curvava, como carregando todas as falhas da humanidade, pedindo que Deus tivesse compaixão dos homens, estendesse Sua mão protetora sobre os miseráveis que pecavam. Ramiro não pertencia à comum espécie dos mortais, era o que Bernardo concluía a cada nova oração; estava acima de qualquer dúvida, nem a rigor o padre sentia emoções, todo alma e espírito.

Com o fim da missa, todos sentaram-se para o sermão. Ramiro apareceu no púlpito como um rei, a fala fácil e bem postada como sempre, ensinando as virtudes e anatematizando os vícios. O olhar vagando a esmo, Bernardo teve a vista atraída para um ponto, divagou mais uma vez, o olhar intrigado voltou ao mesmo ponto, reconheceu Camila, que estava ao fundo da igreja. Tudo parecia convergir para Camila, que sorria, mas não para ele, e sim para Ramiro. Olhou rápido para Ramiro. Este percebera o olhar da mulher, e uma vermelhidão subia pelo pescoço, as palavras vinham incoerentes, a voz baixando de tom, quase sussurrando, era um homem transformado pelo acanhamento. Eis aí que já nem se podem ver, pensava Bernardo, o fogo se instala entre os dois quando se enxergam, fora mesmo um tolo que ainda se enganava, julgando que nada havia acontecido entre eles. Mirou novamente Camila, que ainda enviava o mesmo sorriso para o púlpito, o olhar que já sentira dirigido a si mesmo, olhar que ainda o amolecia todo. E agora era Ramiro que recebia, devia achar-se no céu, na bem-aventurança.

Viu Camila sair da igreja, o que teria sucedido, que saía antes? Ah, decerto foi aguardar Ramiro, aquecer o leito. Era bem capaz. O olhar, aquele olhar não enganava, era uma puta.

Quando Ramiro encerrou o sermão, Bernardo correu para a sacristia, desvestiu-se e, tremendo de suspeita, parou-se junto à escada da rua, esperando. Não sabia bem o que ia fazer, se prostrá-lo com um soco, se lhe saltava ao pescoço, esganando-o até que morresse ou ao contrário, se ia procurá-lo como a uma pessoa a que se quer bem e dizer que se afastasse daquela mulher que tinha partes com o demônio, um dia também o largaria. Assim, confuso, viu Ramiro à sua frente, e sentiu que de tudo restara um rancor profundo e sem nome, cego, o homem roubara-lhe Camila, o despudorado. Mas nada havia que pudesse fazer; como no outro dia, o padre era superior, e de nada adiantou travar-lhe o caminho, Ramiro fez-se inteiro e duro, abriu passagem como um rei, deixando-o infeliz, impotente contra tanta fortaleza. Deu-lhe passagem, o rancor corroendo a alma, as pernas debilitadas por ter ultrapassado o limiar de um momento que poderia ser sua desgraça.

O mundo e as coisas tornaram-se penosos de suportar, e teve raiva de si, dos outros, da torre da igreja à qual levantava o punho furioso, como se a quisesse derrubar com seu ódio. Tal como o padre, feita à sua semelhança, a torre era indiferente ao que sucedia à sua alma de sacristão, erguendo-se reta em direção a Deus.

# 8

Quando Bernardo relatou a conversa que tivera à tarde com o padre, ao dirigirem-se à chácara, e que Ramiro desejava saber o que ocorria, Camila vibrou uma parte de si, então ele não lhe era indiferente? Quis logo saber mais coisas sobre o padre, e Bernardo fechou-se, a cara amarrada, pouco respondendo ao que era perguntado, quase um mudo. Camila sabia que o constrangia, revelando aquele cuidado por todos os títulos repugnante, mas a curiosidade vinha superior ao que estava habituada a controlar. Desde que Ramiro estivera naquela casa havia ficado no ar um quase imperceptível perfume, algo de água de cheiro e incenso, odor de sabedoria, e ela esforçava-se para saber tudo sobre a personalidade que a visitara. Nas longas tardes em que esperava a noite, as horas escorrendo silenciosas e sem interesse, estirava a vista para a casa canônica, não mais na esperança de ver Bernardo, mas na ânsia de enxergar Ramiro, quem sabe ele resolvia dar um passeio a cavalo e cruzava frente ao sobrado?

Procurava lembrar-se, com todas as ganas, da expressão de piedade que vira armar-se em seu rosto enquanto ela falava de sua inocência. De início, neutro e cumpridor apenas de sua missão, Ramiro passou a considerá-la como uma pessoa vivente, e não uma criminosa. Sim, foi piedade o que ele sentira naquele momento, bem diferente do olhar cúpido que Bernardo lhe lançava, olhar que a percorria toda, impudente. Não era isso o que esperava de Bernardo, quando o seduziu; o seduziu para si, não para que ele se tomasse de amores. Na verdade, nada via de mais interessante em Bernardo, nada das finuras da alma que Ramiro demonstrava ao falar nas diferentes fontes de Roma, na Via Ápia, no Castelo de Santo Ângelo, nas teologias de Santo Anselmo e Santo Agostinho, nas provas da existência de Deus.

Bernardo não pertencia àquele mundo tão elevado e cheio de palavras misteriosas, mundo ao qual ela aportava com olhos deslumbrados. Ele cumpria sua missão de restituir a ela o sentido de que era desejável. Camila bem percebia nas escleróticas congestionadas e no arfar de Bernardo o quanto ele a desejava e isto era suficiente para que ela se pusesse contente e viva.

Fora, talvez, longe demais em demonstrar vontade de saber do padre, era capaz de Bernardo calar-se totalmente, tomado de ciúmes. Deveria, isto sim, ser mais sutil nas interrogações, procurar esconder a curiosidade, refrear as perguntas que vinham como um enxame. Domá-lo aos bocados, era o que preparava, ele nem desconfiando de que aos poucos iria revelando tudo a respeito de Ramiro, como se Bernardo fosse um mensageiro. Por um instante calou-se, não dando relevo às negaças do outro, como se não lhe importassem. O homem, entretanto, já se inquietara, caminhava de um lado para outro, coçava o queixo, olhava para a cama, olhava ansiado para as paredes, o que pensava, meu Deus? Veio em sua direção, tomou suas mãos, apertou-as, beijou-as com mal dissimulada angústia e, sem dizer nada, sem explicação alguma, deixou-a só. Foi-se.

Que estranhas ideias teria pensado, que dúvidas o assaltaram, que nem se despediu? Acaso ela traíra-se tanto, que se tornava visível o interesse pelo padre? No entanto, apenas o interrogou se Ramiro conhecia tudo o que se passava entre ela e Bernardo; mas, pusera nas palavras um ardor além do que era lícito? Via agora, tinha vontade que Ramiro tudo soubesse, era um gozo enorme, o maior que já sentira, um gozo muito seu, para o qual não encontrava explicação. Ou melhor, encontrava: o padre sabendo de tudo, ela adquiria a seus olhos uma vida ardente e sagaz, hábil nas tramas, talvez sentisse zelos por ela. Sim, aí estava a razão do prazer em sabê-lo conhecedor, queria-o com ciúmes. Mas também o queria para si, disto se certificava a cada novo pensamento.

Bernardo dera-lhe o gosto de sentir-se mulher e senhora; Ramiro fazia vibrar novas cordas ainda não tangidas dentro de si, adorava ser assim revolvida nas argúcias e refinamentos.

Quis ir à janela, chamar Bernardo de volta, talvez explicar-lhe tudo, mas conteve-se, nunca entenderia. Ali haveria muita força, muitos passos a suportar até que ele conhecesse toda a verdade e não a quisesse mal. Não queria que Bernardo ficasse lamentoso com as mudanças que ocorreram em sua condição de mulher, mas como convencê-lo?

Procurou aconselhar-se com Laurinda, que pouco ou nada pôde adiantar, tinha uma capa de intransponível ignorância para compreender, era uma pessoa só do dia, só entendendo as coisas claras e solares. Ou se está enamorado de alguém ou não se está, esta é a verdade.

Quando veio a outra noite e nada de Bernardo aparecer, Camila constatou que uma funda transformação se operava, e a falta na cama era difícil de ser inteirada apenas com os sonhos. Nunca os lençóis foram tão imensos, branquejando o quarto. Apurava o ouvido, a fim de escutar qualquer ruído de botas subindo as escadas, mas ouvia apenas os estalidos secos da madeira acomodando-se ao frio da noite.

O passar das horas não trouxe o sono; ao contrário, a cada momento sentia-se mais desperta, ouvia o batimento do coração, o pulsar agitado do sangue. Lembrou-se de alguns versos do livro de poemas, tentava lembrar-se de todos, teve uma ideia. Desceu à varanda, acendeu uma vela e, a memória ajudando, ia escrevendo os poemas como vinham à cabeça. Nem o rascar suave da pena sobre o papel, nem os consolos que se ouvia dizer baixinho tiveram o dom de aplacar a inquietação. Mas não desisto, ela pensava, para aquela cama eu não volto. Vieram à cabeça vários poemas fora de ordem, que ela imediatamente transcrevia, compondo sua obra. Gastou várias folhas de almaço, sua letra ia-se acostumando à cópia, tornava-se cada vez mais caprichosa, cheia de enfeites. Nos momentos em que não se lembrava de um verso, desviava a pena para as margens e desenhava qualquer motivo: uma flor, um campo, casas, compondo paisagens parecidas com as que via pintadas na igreja. De repente, vinha a lembrança, e de uma só vez escrevia vários versos, na ânsia de não esquecer nenhum. Surpreendeu-se de que ainda lembrasse de tantos.

Ao amanhecer, tinha o livro completo. Laurinda apareceu na varanda, esfregando os olhos, ficou espantada, perguntou se não dormira. Não, Laurinda, mas tenho meu livro todo pronto, agora sim tenho sono. E, de fato, as pálpebras pesavam, o corpo pedia cama. Subiu ao quarto e, assim mesmo como estava, vestida, adormeceu.

Acordou-se dia alto, sem localizar-se bem nas horas, mas logo lembrou-se do livro de poemas, do serão. Percorreu-se internamente, constatou que estava insensível ao que acontecia à sua volta, nem saudades de Bernardo, ele era apenas uma lembrança de fato acontecido com outra pessoa, não com ela. Sondou com o tato as suas partes, as pontas dos dedos deslizando lentamente pelo interior das coxas, tudo estava amortecido, temeu que não fosse mais mulher. Pediu a Laurinda que trouxesse logo com urgência o maço de papéis, leu-os, nem eles a acordaram do entorpecimento. Leu-os sofregamente, não diziam nada. Sou mesmo mulher? Ela perguntava a Laurinda, quase chorando. A senhora é sim mulher, dizia a negra paciente, e muito mulher, então não vi como a senhora se rolava na cama com o Bernardo? Vai-te, gritou-lhe Camila, subitamente exasperada com aquela falta de sentimentos.

Passou dias assim, sem saber de si, sem reconhecer-se, nem emoções nem tristezas, nem afogueamentos. Uma planura sem coxilhas nem capões, nada. Seca, estéril. Quando muito erguia a vista para as torres, o pensamento à busca de algo que a pusesse de novo ágil e esperta. Ouvia com desconsolo os sinos das Vésperas, e no gesto controlado ajoelhava-se ante o oratório, desfiando as contas do rosário, perpassando os mistérios gloriosos, o pensamento errando por paragens estranhas. Certa manhã avistou Bernardo, que passava frente ao sobrado, as mãos às costas, alçando o olhar acovardado para as altas janelas; ela se escondeu atrás dos tampos, não queria ser percebida. Viu-o de costas, um homem que não parecia o mesmo, os cabelos caindo desordenadamente pelos ombros, um ar triste e apagado. Nem essa imagem tirou-a do torpor. Forçou a alma, quis sentir pena de Bernardo, afinal era um homem que sofria por sua causa, dilacerado por suas manhas. Consultou-se, refletiu sobre seus sentimentos, antes tão agitados, agora tão amortecidos, e não havia lugar para a compaixão, nem pesar.

Um dia, porém, chegou em que Camila avistou o padre vindo em direção ao sobrado. Chamou rápida Laurinda, mandou que fosse atender à porta. O coração repentinamente reavivado, Camila correu ao espelho, olhou-se fugaz, uma cara rosada e matreira, o sangue de novo disparando por todo o corpo, os olhos cintilantes de água. Prendeu os cabelos com a fita escarlate, estou linda? Perguntou-se quando descia as escadas, que figura farei?

Beijou a mão de Ramiro, sentindo o frio metálico do anel de armas em seus lábios. Ele gentilmente a ergueu, dizendo: Deus te abençoe, vim para saber como está passando, se não precisa de nada. Camila ouviu de Ramiro uma voz muito tênue, não era bem isso a que viera, e esse constrangimento a excitava ainda mais, então ele estava embaraçado? Sim, estava, constatou, quando ele sentou-se e ficou sem falar, os grandes olhos cinzentos vagando tímidos pelo mobiliário da varanda.

Camila resolveu puxar assunto, perguntando pela freguesia, os batizados, os enterros, ao que Ramiro respondia brevemente, nomes e números. A conversa morrendo, ela se lembrou de Roma, do Papa, e pediu que Ramiro falasse alguma coisa sobre seus estudos. Ele se animou, era o que lhe agradava falar. Camila sabia. E não regateava informações, fazendo-a, na imaginação, percorrer os grandes salões iluminados por milhares de velas, os lacaios e cocheiros de librés coloridos, as perucas empoadas, os modos galantes da nobreza, as cartas sutis que se trocavam as damas e os cavalheiros, as festas com banquetes que se prolongavam até madrugada, as pantomimas nos jardins, os purpurados de longas capas roxas, verdadeiros sóis quando se faziam anunciar pelo mestre de cerimônias. Havia também o Vaticano, as colossais colunatas de Bernini enlaçando a humanidade, a Basílica de São Pedro, um estupor para os olhos. Quantas vezes maior que a nossa igreja? perguntava Camila extasiada, dez? Vinte? Ramiro riu: centenas de vezes, tão alta que quase chega ao céu. E as cerimônias? E as novenas? Não são como as nossas, Ramiro explicava. São grandiosas, o Papa quase sempre está presente, usando a grande mitra dourada, o báculo de ouro, o pluvial bordado com a mais fina linha, mais parece um santo. Usa, às vezes, a tiara de três coroas superpostas, brilhando de esmeraldas, brilhantes e rubis.

Quando ele ensombreceu a voz, falando nos pinheiros da Via Ápia, que sibilam ao vento do outono, nas catacumbas antigas postadas ao lado da estrada, Camila comparava o que ouvia com a sua vida, encerrada entre as paredes daquela casa, um verdadeiro tumulto. Ramiro voltou-lhe o rosto, condoído. Pareceu refletir um pouco, disse depois que poderia quem sabe mandá-la assistir livre o resto do pleito, era uma questão que os cânones lhe possibilitavam intervir, como vigário da vara eclesiástica.

Camila não se conteve de alegria, havia chegado até ele. E um genuíno sentimento inundou sua alma, tinha vontade de beijar seus pés, agarrar-se, submissa, às suas pernas, não por simples agradecimento, mas porque Ramiro havia descido dos seus pináculos de sabedoria, havia considerado sua situação. Situação que ela pintava pior do que na verdade era, desejo de cativá-lo. E obteve seu intento, pois o padre aproximou a cadeira e dizia consolos, Deus a todos ampara e dá forças, confie em Deus. Estremeceu quando ele, num supremo momento, tomou sua mão, dando-lhe palmadinhas de piedade. Um homem que, mesmo sob a negra batina, possuía calor e nervos, capaz de afetos terrenos. Já teria se enamorado alguma vez?

Naquele gozo, nem ouvia mais o que Ramiro lhe dizia, apenas desperta quando ele falou que ia embora, já ficava tarde. Camila lembrou-se do livro de poemas, Ramiro sim o entenderia, afinal ela não o ganhara de um padre? Quase ele não aceitava, foi necessário que ela muito insistisse, apelasse para todos os argumentos, ameaças, até que ele acedeu. Queria que ele levasse algo dela, era uma forma de ir junto para seu quarto, ficar quem sabe à cabeceira da cama, vigiar seu sono.

Não teve mais sossego, e ainda mais excitada ficou quando, à despedida, percebeu que Ramiro demorava o olhar sobre seu colo. O homem era seu. E ela também era dele, sentia isso pela onda de desejo que subia de suas partes do amor, preenchendo o ventre, pondo a tremer todo o corpo.

No domingo, vestiu-se com a melhor roupa, fez-se acompanhar de Laurinda à missa. Num impulso, quis ir para a frente, ocupar o posto que lhe competiria, mas Laurinda a conteve: imagine, Dona Camila, o que vão falar, a senhora está proibida, tem de ficar aqui atrás com os negros. Mas Camila queria era ver Ramiro no púlpito, e foi grande o fogo quando ele abriu a portinhola e surgiu, imenso e poderoso.

Acompanhou inquieta suas circunvoluções do pensamento, as apologéticas, o dedo que riscava o ar, o ardor da argumentação. Camila se encantava, cada palavra era um gozo renovado.

Inesperadamente, ele a notou entre todos, e ela passou a comandar, senhora de seus dons, ele sem fala razoável, perdido em divagações que nada diziam, as pessoas ignorantes sem notar nada. Percebeu que seria um gesto de muita crueldade continuar fitando-o, presente demais com seu corpo. Disse: vamos embora, Laurinda.

Ao atravessar a praça, vinha como no céu, o sol brilhava e ela possuía o coração repleto de contentamento.

Amo ele, disse então à negra.

Ele quem, Dona Camila?

Ramiro, ela respondeu.

O padre? Espantou-se Laurinda.

Sim, Ramiro. Agora tenho certeza, foi preciso pouco para que eu soubesse disso.

E a felicidade explodia em sua cabeça, dava novas cores às coisas. Os pombos que vinham voando sobre si não seriam prenúncio do Espírito Santo, senhor e doador da vida?

No quarto, enquanto Laurinda a despia, deixou que o pensamento vagasse longe, falava sem parar, o espírito devaneando, pondo susto e medo à escrava, criando um sonho em que se perdia, um labirinto cheio de caminhos.

Laurinda mal conseguia achar os botões da roupa de Dona Camila, tanto temor pelas palavras que ouvia, um sonho muito louco, em que a senhora se declarava não apenas namorada do senhor vigário, mas dizia que ele também estava de amores por ela, e que ela estaria disposta a qualquer padecimento para garantir aquele afeto que sentia como só seu, e que tinha visto confirmado nos olhos cinzentos de Ramiro quando ele esteve em sua casa, quando ficou olhando para seus peitos, quando levou os versos para ler. E agora, na missa, a confirmação do que a alma imaginava.

Mas o que a senhora pensa fazer? Indagava Laurinda, ao que Dona Camila respondia que tinha uma ideia, um plano que a seu tempo diria, era coisa muito sua, uma imaginação. Isso falava com os olhos sonhosos perdidos no horizonte que se abria à janela do quarto.

Quando ela pediu que servisse logo o almoço, que estava com fome, Laurinda respirou desafogada, ia trabalhar, fazer algo de útil, e não ficar ali, deixando-se também invadir pelos estranhos e pesados sentimentos que punham sua dona assim desvairada.

# 9

A língua saburrosa, a cabeça comprimida entre duas tenazes incandescentes, Ramiro acordou da sesta quando já era quase noite. Tinha muita sede, mas o corpo recusava mover-se, os membros lassos pelo vinho, entorpecidos. Continuava chovendo, e ele ouvia nitidamente a água que escorria desde o beiral do telhado, projetando-se junto às paredes da casa. Não, não queria levantar a cabeça, medo de sentir-se tonto. Não pensava em nada, só em seu corpo, em seu mal-estar, o maior que já tivera. Quantos copos de vinho? dois? três? Tentou lembrar-se: havia uma garrafa, aberta e cheia, quando iniciou o almoço. Depois, outra. Ou seria a mesma? Ficou com medo de que houvesse bebido duas. E se o corpo não se refizesse mais do torpor, e começasse a desintegrar-se, as carnes despegando-se dos ossos? A sede. Uma secura que deixava a garganta transformada em um grande deserto de pó. Lembrou-se da Fonte de Trevi, as águas caindo em abundância, despejando-se aos borbotões, lavando as estátuas das divindades marítimas, a enorme lagoa que se formava, da mais pura e cristalina água. Os sons da rua, o fragor da chuva acentuavam a fantasia; contudo, as pernas e os braços não se moviam, amodorravam-se, como se todo ele estivesse preso ao colchão.

Camila. A ideia penetrava os interstícios da alma, como uma lembrança de coisa já antiga, quando a viu entre as pessoas que se juntavam ao fundo da igreja. Por que perturbara-se tanto? Lembrava-se, Camila brilhou como um astro entre todos, o sorriso que tudo prometia, tudo oferecia, não havia dúvidas. Mas não, quem sabe era apenas uma gentileza, ou aprovação pelas verdades religiosas que ouvia? A verdade era bem outra, não era gentileza, nem edificação, mas um interesse que ia além das palavras, consumia-o como homem. Assustou-se pelo que pensava, pois, desde que viera do Reino, nunca lhe lançaram um olhar tão denso e carregado, nenhuma mulher chegara-se tanto, nem havia demonstrado tanta solicitude. Ela como que o desnudava, percorria seu peito, chegava às virilhas, ele protegendo-se pelo púlpito, a vergonha fazendo-o baixar os olhos como donzela intocada, a quem fossem alheias as preocupações da carne. Por que, afinal, baixara os olhos, por que tanto abalo, se o gosto pelos gozos do corpo não lhe era estranho? Acaso não tinha sonhos? acaso os humores não se acumulavam dentro de si, jorrando em meio à noite, trazendo depois alívio e pesar? Sonhos em que se entregava a formas diluídas, sem rosto, mais visões de mulheres do que mulher verdadeira. E acordava com uma grande paz na cabeça e no ventre, livre de opressões, de angústias desordenadas, irritações sem tempo. A nuvem do pecado toldava logo a seguir sua alegria, apressava-se em prostrar-se frente ao altar, os joelhos doendo sobre grãos de terra, rezas de rosários inteiros, a mente negando que a alma tivesse caído em falta. Não havia a quem confessar-se, a dor e a dúvida roendo o espírito. Ninguém para dar-lhe absolvição, só ele frente a terrível Deus.

Agora, Camila. Um despejar de vida. Viço, juventude, alegria, perfumes terrenos, vestidos roçagantes, anáguas, peitilhos, luvas de seda, a carne quente, ruborizada ao vê-lo, a oferta.

A sede, a boca seca. O corpo mais dominado, Ramiro levantou-se, as pernas, contudo, sem muito comando. Foi à cozinha e meteu a cabeça dentro de uma gamela com água, deixou-a um tempo, sentindo o frescor penetrando a pele, gelando a testa. Ergueu-se: pela porta via o quintal varrido pela chuva, os pingos deixando pequenas bolhas que corriam pela superfície líquida. Uma trovoada ao longe, o céu toldado de nuvens espessas. Perto, bem perto dali, Camila estava bem viva, poderia visitá-la, se quisesse, ninguém comentaria nada, era o vigário da vara eclesiástica, tinha o direito de vê-la, era, aliás, seu dever.

Como era seu dever afastar-se dela. Os argumentos do espírito se insinuavam, feito disputas de jesuítas, em que a mentira vinha tão mascarada que parecia verdade. Procurava motivos além da carne para visitá-la, e sabia que, se muito pensasse, iria convencer-se. Fechou o colarinho, resolveu afastar para longe a provocação. Foi à igreja e, logo ao entrar, tinha à sua frente os santos hieráticos e solenes que o encarceravam, cativavam, seduziam, cada qual com os motivos de seu martírio, Santa Catarina com a roda laminada aos pés; Santa Luzia portando os próprios olhos numa salva; Cristo com o baraço nas mãos, a expressão resignada e triste. O cheiro dos santos, das velhas imagens de roça, os cabelos naturais, porém, sem o brilho da vida, pregados a cabeças de pau, as vestes violetas bordadas em fios de ouro, as velas grosseiras que deitavam no ar um odor de sebo rançoso, os anjos andróginos toscamente esculpidos, as perninhas roliças, as bochechas infladas, o missal aberto no *Canon Missae,* tudo imóvel como na criação do mundo, tudo que imóvel ficaria até a consumação dos séculos, se mão humana não os tocasse.

E depois a evidência dos corpos dos fiéis que apodreciam sob as tábuas do altar-mor, mostrando que a carne um dia se desfaz, por mais sangue, músculos e nervos que tenha durante a vida. A condenação do pecado pesando sobre a humanidade faltosa, vergando seus ombros. A vida como uma preparação para a morte; não era verdade que os santos eram representados com caveiras aos pés?

Ajoelhou-se no comungatório, junto ao altar-mor, o pensamento em Camila perseguindo-o como uma sombra. Buscou palavras devocionais, *libera corda nostra de malarum tentationibus cogitationum*, livra nossos corações da tentação dos maus pensamentos, *Domine.* No entanto, Camila não o abandonava, emergia entre as orações, persistente como chaga aberta, aos poucos a imaginação despindo-a, a começar pelos ombros lisos e sem marca, sem tisnadura ou jaça, *Domine adjuva nos, et refloreat cor et caro nostra vigore pudicitias et castimoniae novitate*, Senhor, faz que nosso coração e nossa carne recuperem uma nova força de pureza e castidade. Os dentes claros, pérolas, o hálito morno que chegava até ele. Voltou-se, procurando o lugar onde ela estivera nesta manhã, junto à porta de entrada. Só o silêncio e a solidão da nave que ia mergulhando nas sombras da tarde que progredia.

Depois, os seios pressentidos debaixo do justilho; abaixo, as partes do amor. Como seriam?

Se houvesse alguém para falar, um confessor! Receberia a absolvição e o conselho, o perdão. Poderia até entregar-se aos pensamentos impuros, a certeza de que alguém o entenderia, o aceitaria com todos os pecados. Mas não, ele é que perdoava os outros. Em nome de Deus, mas ele. *Ego peccatus teus te absolvo* era a fórmula que pronunciava todos os dias quando as pessoas vinham até ele, suplicantes e contritas a buscar o desafogo das angústias. Ele as via, por detrás das cortinas do confessionário: saíam leves, ajoelhando-se rápido para rezar a penitência, um pequeno incômodo a que se sujeitavam para logo saírem da igreja quase cantando, a alma leve e branca. E a ele, quem diria a fórmula desobrigadora? Intermediário entre Deus e os homens, administrador dos sacramentos, não poderia ser um veículo corrompido, deveria ser fortaleza e justiça, não ter pensamentos, só ensinos, advertência, lição, admoestação, tudo liso e reto. Sem as perigosas curvas das almas duvidosas.

E possuía curvas sinuosas sua alma, não era feita de um só bloco, antes composta de mil pedaços que se desarticulavam.

A ideia vagava, e o pensamento obsceno vinha brutal: e as partes do amor, em Camila, como seriam? polpudas ou lisas, glabras ou velosas? Que cheiro, que odor desprendiam?

Buscou, entre assustado e surpreso, mais palavras sagradas, tinha de encher sua boca e seu peito de orações, soterrar as ideias que o alcançavam como a uma caça aprisionada. Por primeira vez desejou chorar ao lembrar-se de uma antiga reza que nunca entendera, mas que se vira obrigado a decorar, e ela veio toda, agora ganhava uma razão, *educ de cordis nostra duritia lacrimas compunctionis*, arrancai de nosso coração endurecido lágrimas de compunção, *ut peccata nostra plangere valeamus,* para que possamos chorar nossos pecados. *Produc de oculis nostris lacrimarum flumina*, faz brotar de nossos corações um rio de lágrimas, Senhor.

Aguardou que as lágrimas viessem, o rio das lágrimas penitentes, mas era Camila mais uma vez que o assediava, e ela não trazia lágrimas, mas alegria e contentamento, vida e paixão.

E as pernas, que se erguiam de pés mimosos e pequenos? Que músculos palpitavam nas coxas circundadas por ligas de cetim e holandas? Que curvas ocultas possuía aquele corpo, curvas que ele não conhecia, só a imaginação? Procurou recordar os momentos em que estivera com ela, as melodias da voz, o gesto gracioso de desatar a fita dos cabelos e, com previsão, atar o maço de poemas, os cabelos fofos e macios, quase selvagens. A palavra, quando ela disse: toma, leva essas poesias que eu escrevi de memória. O desaponto quando ele recusou, a insistência com que ela pediu que sim, que levasse, fazendo-se brandamente feroz, não admitindo que assim recusasse o que oferecia com tanto empenho.

Cristo segurava a cana do martírio entre as mãos crispadas, os cabelos desgrenhados emergindo da coroa de espinhos, o corpo recoberto pelo manto de púrpura, o manto do opróbrio, a pele de massa reluzente, os joelhos escalavrados, rasgados, o sofrimento. Tudo, porém, não chegava à sua alma, Cristo é uma imagem como tantas, feitas por mão de homem. O manto empoeirado, a auréola de metal branco precisando ser limpa. Do outro lado, São Miguel Arcanjo suspendia uma balança e uma espada, vestia couraça de cavaleiro e, com uma pose estudada pelo artista, massacrava o Maligno a seus pés. Sobre o altar-mor, no pináculo de degraus floridos, Nossa Senhora da Conceição alçava a cabeça para o céu, as mãos postas. Tudo subitamente estranho, como se seus olhos estivessem pela vez primeira vendo aqueles santos. Não, não o acusavam. Antes eram indiferentes a ele, vivendo na imobilidade e alheamento, fechados em suas vidas de madeira e pano. Onde a realidade transcendente? onde a outra existência que levara os cristãos às fauces das bestas, onde o sopro, a vida eterna? Onde o gozo da bem-aventurança, se nada revelava um outro mundo além do material terreno que compunham as imagens? Uma lamparina vermelha, pendente de um tocheiro, indicava a presença do corpo de Cristo dentro do sacrário, mistério da fé. Suas mãos consagraram aquele pão, aquelas hóstias agora dentro de um cálice.

Suas mãos. Olhou-as, as palmas voltadas para cima. Que estranho poder, que magia possuíam que transformavam partículas de pão no próprio Deus, que assim se amesquinhava? suas mãos impuras e chãs, que tanto pecado já manipularam. A apreensão começou a perturbar os sentimentos nunca antes duvidados; estaria mesmo ali dentro, atrás da portinhola, o Deus terrível, que criou o mundo antes de todos os séculos, que expulsou Adão e Eva do Paraíso, que manifestou-se a Noé? que falou a Moisés no Sinai? Ali, tão próximo que, se Ramiro o quisesse, poderia abrir o sacrário e, destapando o cálice, olhar para Ele?

Uma náusea persistente embaraçava os pensamentos, a repentina constatação de que vinha até então participando de uma grossa mentira, uma vida perdida, os melhores anos jogados fora por um embuste. Colocando todo seu ardor, sua juventude, enfim todo o seu poder de amar numa patena, num cálice gelado que continha rodelas de pão. Mas lhe disseram! Sempre lhe disseram, desde pequeno, que Deus descia aos altares mediante uma fórmula que o padre recitava, ninguém nunca teve dúvidas, nem em sua casa, nem no colégio, nem no seminário, nem seus mestres, seus bispos, nem o Papa, nem os cardeais romanos, ninguém. Só ele, agora, duvidava.

Duas coisas eram, naquele instante, verdadeiras: o odor fétido dos cadáveres sob o assoalho e as carnes de Camila. A noite e o dia, a treva e a luz.

A podridão a seus pés não era mentira. O destino de todos, que a todos tragava. Tão perto, tão presente, tão inegável. E eram pessoas que até pouco conversavam e riam, falavam do tempo, lavavam-se para tirar a sujeira, escolhiam os alimentos com escrúpulo, elegiam as roupas para virem à igreja, cuidando de fazer bela figura na missa, disputando os melhores lugares, queriam ser vistos e admirados. Agora um negro escravo podia pisar sobre seus corpos, de nada valiam.

Essa era uma verdade.

A outra estava ao lado oposto da praça, a poucos passos dali. A luz, a claridade, a carne rija e sadia, o sangue amornando as mucosas, a palavra cheia de vida. O perfume de benjoim cheiroso, o roçar dos veludos lascivos, as ternuras.

Devia procurar Camila. Tinha razões, devolver-lhe o maço de poemas, tinha sim razões além da concupiscência e da lascívia. Não devia negar-se a si mesmo essa possibilidade de vê-la mais uma vez. Não queria pensar muito, não queria pensar mais, uma vida o esperava.

Afastou para longe os pensamentos, encaminhou-se para a porta. Parou ainda um instante voltado para a capela-mor, agora quase na escuridão. Tudo imóvel, quieto, só a lamparina tremeluzia, ao fundo um débil ponto de luz avermelhada.

Ajoelhou-se, persignando-se. Onde a verdade?

Na rua, já estava escuro. E a chuva aumentara, uma torrente se formava desde a igreja, cortando a praça, fazendo grandes sulcos no terreno. Ramiro foi rápido para casa e, na livraria, aceso o lampião, olhava o maço de poemas, a letra cheia de arestas, a fita escarlate.

Não pensou mais, pegou-o, envolveu-se na longa capa de lã e dirigiu-se ao sobrado, o coração quase saindo pela boca. Ia ao encontro do seu destino.

# 10

Laurinda observava sua dona comer em silêncio, sozinha na ponta da grande mesa de cedro. Parecia totalmente absorta por ideias, desde que vieram da missa e ela viu o padre. Isso era um grave perigo, conhecia Camila desde menina. E agora ela se entregava a pensamentos escondidos, por certo, porque sorria, o olhar gozando um prazer, um pecado. Só podia ser pecado, pois à saída da missa ela não lhe falava da paixão pelo padre? Deus! pelo padre? Não, Dona Camila, não vá muito longe nessa ideia de perdição, nesse namoro louco, que vai trazer o mal a esta casa.

As últimas palavras que ouvira de Ramiro na igreja ainda bailavam na cabeça de Camila, que procurava lembrar-se de todas, sem exceção, não podia deixar nenhuma de lado. Sucederia, talvez, que, justamente em alguma palavra muito perdida, o padre estivesse revelando a ela, por sinais, o quanto a amava. Em especial, procurava compor as palavras que ouvira após Ramiro tê-la percebido ao fundo da igreja, aquelas é que seriam as mais reveladoras. Tinha de fazê-las voltar ao coração, sílaba por sílaba. Entre todas, devia ter o cuidado de considerar aquelas ditas em voz abafada, quando ele se fizera perturbado, momento em que olhou para baixo, os olhos acanhados por sua presença tão próxima. Não era a desordem do rosto uma indicação do que ela queria ver confirmado?

Dona Camila estava muito diferente nesse almoço. Deixava o garfo pairando no ar, voltava-se para o prato, trancava os dedos à altura do rosto, os cotovelos apoiados na mesa, fitando a vela que mandara acender como se fosse uma festa. E seus olhinhos diminuíam com o brilho da chama. Não era a chama que ela olhava, Laurinda sabia. Cogitava alguma coisa perdida, quem sabe o plano de que falou quando tirava a roupa no quarto? Que ideias lhe povoavam a alma, que se fazia tão quieta? Algo envolvendo o padre, Dona Camila era hábil em riscar ideias em que os outros estivessem envolvidos. Mas agora a fantasia era terrível, proibida. Vou falar com Dona Camila para que deixe de pensar essas loucuras, senão cedo vai estar afogada na desgraça e no pecado.

As últimas palavras de Ramiro eram estranhas para Camila, não sabia mais distinguir o que era falso, o que era real. Era verdade: ele disse que, mesmo longe, mesmo com obstáculos o amor tudo vence? Era verdade que dissera aguarda, amor, que logo estaremos juntos? Igualmente te amo, Camila, ele dissera? Não, isso era falso. Mas o que dissera, afinal? Ah, lembrava agora: as leis humanas nada podem contra a lei de Deus; os homens põem e Deus dispõe. Os laços imperfeitos devem ser rompidos, Deus liberta. Dissera isso, Camila percebera quando sua voz baixou de tom, e aquelas palavras eram dirigidas a ela. Que significavam, entretanto?

Dona Camila fez uma contração no rosto, um pensamento mais agudo decerto cravava-se na alma. Chorava? Não, antes a contração deu lugar a um riso de vitória, ocasião em que abriu bem os olhos e toda sua figura irradiou um contentamento nunca visto, felicidade. Bateu as mãos uma contra a outra, como quem soluciona uma grande adivinha.

Era isso, pensava Camila, exultando, não tenho mais deveres de casamento, sou livre, mulher livre, pois não se dá a anulação das bodas com o Sargento Miguel? Este era o sinal, era isso que Ramiro queria dizer. E se sou livre não há adultério, posso amá-lo, tudo é lícito. As palavras de Ramiro adquiriam sentido, eram dirigidas a ela, só podia ser. Caso contrário, como se explicava que dissera aquilo tão fora de propósito? Fora de propósito para os outros, bem entendido. Ela, porém, entendera a mensagem, o amor que se coava pelas palavras, tudo dito entre sinais; quem ama fala outra língua, a língua que só eles entendem, não era o que dizia nos versos do livro? Teu rosto pequenino, pastora minha, só eu entendo, só eu sei, Nícia bela. A verdade, enfim, se revelava.

Vem cá, disse Dona Camila à Laurinda, como quem tivesse tomado uma decisão. Tomou as mãos da negra, olhou-a nos olhos e perguntou se ela seria sempre dedicada. Laurinda disse: sim, senhora, sempre, não carece ter suspeita. Faz tudo que eu pedir? Sim, senhora, tudo. Então me faz um vestido, Laurinda. Um vestido, senhora? Sim, um vestido branco, um véu com grinalda, bem rodado, o mais bonito que tu já fizeste. Para que, senhora? Dona Camila fechou os olhos e respondeu com enlevo: para um fim que eu sei, Laurinda, um fim muito meu. E para quando, senhora? Para hoje, disse Dona Camila, abrindo os olhos. Busca nas caixas do enxoval um pano de seda, do melhor, e me faz um vestido. Os pensamentos voavam rápidos pela cabeça de Laurinda, mas ela se calava, não tinha direito de perguntar nada, não era de sua conta. Respondeu que sim, que ia providenciar. O medo debilitando as pernas, subiu as escadas, revirou as caixas, encontrou um pano de seda, branco, e suas mãos correram trêmulas sobre o tecido, avaliando quais as linhas, quais as agulhas deveria usar. Sua arte não se combalia com a surpresa do momento.

Agora Camila traçava seu plano, o urdimento de uma ideia. Se Ramiro a amava, e ela era livre, o que mais se antepunha à realização do que arquitetava? Nada, nada, repetia-se, a alma alegre, era só uma questão de alinhar os fatos futuros, de molde a ficarem como queria, era só o tempo. Queria tudo para logo, a inquietação era coisa do passado, o tempo corria célere, tinha de fruir tudo que ainda lhe pudesse ser oferecido pela vida, tinha direito.

Aqueles olhos cinzentos, claros, que paixões, que amores, que sufocos da carne escondiam? Ela iria, contudo, desvendá-los; não era um capricho, era um desejo que sentia dominando. E a ideia voltava com ares mais carregados, a trama se tecia com desenvoltura, tornando-se cada vez mais fácil de ser armada, ela igual a Laurinda, uma eficiente artífice.

Passaram toda a tarde no riscar, cortar, alinhavar, provar, costurar, escolher os adereços. Dona Camila prestava-se aos experimentos sem queixume, com grande disposição, quase com alegria. O dia era sombrio, chovia muito lá fora, e a meia sombra pisava os olhos de Laurinda, que os esfregava, o coração, porém, começando a alegrar-se porque o vestido ia-se fazendo com perfeição, modelando ricamente os quadris, acentuando a cintura. As artes de Laurinda não fraquejaram, sentia-se mais esperta do que nunca no ofício de costureira. Dona Camila olhava-se ao espelho, alçando-se na ponta dos pés, as mãos apalpando a curva dos seios, dizendo: ajusta mais aqui, Laurinda. Laurinda sorria e, ajoelhada, a boca cheia de alfinetes, obedecia. Não entendia o que se passava, mas obedecia. Aliás, um belo vestido se aprontava. A grinalda, disse Dona Camila, quase alarmada. Não esqueci, respondeu Laurinda, precavida, tenho panos de todas as cores, e vou fazer logo. Trouxe do caixote muitos retalhos, e amorosamente escolhia: os brancos, rosas, azuis, verdes, e com eles ia compondo flores de todo o feitio, também era destra nesse ofício de fazer flores de pano, coisa aprendida quando guria e nunca mais esquecida. Dona Camila a olhava ternamente enquanto ela inventava as flores e as armava num arame de forma circular, tramando-as pela haste, intercalando-as com as ramagens. Com gratidão, a senhora tomou a grinalda entre as mãos e a depôs sobre a cabeça. Voltou-se para Laurinda, buscando aprovação. Estava uma bela mulher, nunca vista em todo o Continente, aquelas flores coroando o cimo dos cabelos, uma santa. Laurinda não pôde controlar a emoção e ria de felicidade ao ver sua dona assim tão bela. Um baque no coração, porém: um sentimento terrível de que alguma coisa iria acontecer, quase uma desgraça rondando aqueles ombros graciosos, esmagando aquelas flores. Uma brusca mudez, a língua presa, não conseguia articular nenhum sonido. O que foi, o que foi, perguntava Dona Camila, abraçando-a, o que foi? Nada, não é nada, só um corrido aqui no coração, conseguiu dizer. Tinha de fazer-se forte, sua dona não estava feliz? Venceu o sentimento, devia ser animosa naquela hora. Recobrou o espírito, assumiu sua posição de serva, pessoa que não pode nem pensar, e sim ser dócil aos comandos. E voltou a alegrar-se com a faceirice de Dona Camila, que agora, já refeita, mandava-a buscar uma fita branca, queria um laço atrás da cabeça, caindo da grinalda.

    Só pararam os aprontamentos quando já era noite, o vestido disposto sobre a cama. Ficaram absortas na contemplação da peça, magnífica, feita em poucas horas, mas perfeita nos pormenores, artigo de rainha do Reino. As mãos cansadas, os olhos em chamas, Laurinda sentou-se num mocho, vendo sua dona acariciar o vestido, dizendo: lindo, Laurinda, lindo, o mais bonito que já vi, nem o vestido do casamento foi tão bonito. E, por dentro, a alma da negra se alegrava. Mas, no fundo, o coração estava suspenso, ainda tudo uma dúvida, uma grande indagação, e tinha medo de perguntar, medo de saber tudo o que se passava pela cabeça de sua dona, agora tão fantasiosa, capaz de um desatino. E o olhar de Dona Camila não mentia, ela estava tomada por uma ideia, uma tenção que punha medo, era bom nem saber ao fundo. E estava tão bonita nessa ideia! As faces com duas rosetas vermelhas, tão diferentes dos dias anteriores, em que se consumia, entranhada naquele namoro com o escrivão, que só vinha para servir-se dela, o infeliz.

E sua dona vivia hoje num encanto que a punha fora do mundo, levantava-se, o olhar perdido ao longe, cruzando a janela, lá fora só o escuro e a chuva; que sentimentos, que ideias poderiam estar penetrando desde fora, desde a noite? Dona Camila achava gosto de ficar olhando aquela escuridão de breu? Decerto são os retorcidos da alma, gente branca tem a alma muito cheia de voltas.

Imóvel junto à janela, Camila sentia que a noite lhe dava uma grande paz. Liberta, o corpo agora novamente seu, readquirida a dignidade ante si mesma, podendo dispor dos seus afetos e das suas partes do amor, era livre. Ramiro o dissera, hoje pela manhã, no mais sagrado dos lugares, junto ao trono de Deus, próximo aos santos. Tal como lá fora, onde a chuva fazia cair fios de água e cristal, sua alma alcançava de novo o silêncio e a quietude da noite. Não a outra liberdade, que a fez buscar no corpo de outro homem, entre sustos e escondimentos, a sua altivez de mulher; mas, antes disso, agora dispunha do que desejava, na tenção mesmo de escolher, não sendo levada pelos fatos da vida. Queria Ramiro, nada a impediria. Ramiro era igualmente livre. Os votos? Mas são perpétuos? E se ele tiver motivos da Igreja para recusá-la? Uma dúvida começou a toldar os pensamentos que vinham suaves e certos até então. E se ele, com a voz baixa e triste, a negasse, os motivos de Deus? Os motivos de Deus são tantos... Laurinda. Ela deve saber. Voltou-se no propósito de interrogar a negra, ela esclareceria, mas não a encontrou. O quarto, vazio.

Um grito lá embaixo a despertou. Laurinda chamava-a, venha cá, Dona Camila, venha cá! Camila desceu às pressas, deu de frente com a escrava, que vinha dos fundos, dizendo: minha Nossa Senhora, lá fora, ele está lá, senhora, me deu um susto dos infernos, quer falar com a senhora! Quem, Laurinda? Ele, senhora, o Bernardo. A negra, a cara lustrosa à luz do candeeiro, assustada, parecia ter visto assombração. Camila pegou a luz e, a coragem mais forte, caminhou até a cozinha, abriu a porta, pronta a enfrentá-lo.

A mão que segurava o candeeiro, porém, foi baixando, quando ela o viu. Era sim Bernardo, mas talvez sua sombra, tanto se alterava. Tremendo de frio, a chuva escorrendo pelas abas do chapéu de feltro, vestia a roupa de peralvilho, que se pegava ao corpo, encharcada. Reconheceu os galões dourados, a camisa de rendas entreaberta por falta de botões e, descendo os olhos, as fivelas de prata agora embarradas. Subiu o olhar, ele lhe sorria triste, a barba despontando no rosto empoado de polvilho, os olhos injetados, subitamente velho de muitos anos. Camila ficou sem voz, e ele perguntava: o que é, amor? O que é? Sou o Bernardo, olha só a roupa que eu botei hoje, achei que ias gostar, botei só para teu gosto. E pôs a mão na cintura, ensaiou a pirueta galante da gente nobre, a pirueta que fizera no dia em que se apresentara a primeira vez com a roupa. Mas perdeu o equilíbrio, caindo de borco. Ela quis ajudá-lo, porém, ele já se erguia, manchas de barro sobre o polvilho da face, tentando compor-se com dificuldade, dizendo não foi nada, amor, só uma queda de nada. O rosto, porém, desmentia, uma dor fustigava suas entranhas, não conseguia parar-se de pé, apoiado ao batente da porta, vacilante. Chegou até Camila um cheiro forte de aguardente. Quero voltar, Camila, ele dizia. Tenho passado todos esses dias desesperado, sem ânimo, quero voltar, Camila, amor.

Estática, a alma em dúvida entre a pena e o nojo, Camila não conseguia dizer nada. Queria recuar, queria talvez aproximar-se de Bernardo, queria fazer alguma coisa, mas os nervos estavam tensos, estirados, impossível qualquer ato. Ele, entretanto, já avançava, cambaleante, as mãos buscando-a, a voz num soluço repetindo quero voltar, amor, Camila. Ela então ficou cega, só uma força imensa que vinha surgindo pelos braços, explodindo na cabeça; empurrou-o em direção à porta, viu quando tombou na lama, um grito surdo de dor. Fechou rapidamente a porta, passou o ferrolho, arquejante.

Laurinda se pregava à parede, assustada, sua dona estava chorando, agarrada ao ferrolho. Seu dever era consolá-la, levá-la para cima, dar-lhe um chá bem quente. O susto, porém, não passava, ainda percutia em seus ouvidos o berro de Bernardo quando o golpe o atingiu, e o barulho que fez ao cair.

Apareceram as criadas, acordadas no meio da noite, Camila disse-lhes que fossem dormir, não era nada. Laurinda se dava conta, Dona Camila era forte, muito mais que ela mesma, que já se julgava curtida. Sua dona agora secava os olhos e, a voz de novo enérgica, mandava que ela verificasse depressa se a porta da frente estava bem fechada, e que depois subisse até o quarto. Laurinda obedeceu, foi até a varanda, examinou as janelas todas, pôs a mão no ferrolho, sentiu-o bem fechado. Ao subir, encontrou sua dona despindo-se. O que está olhando com essa cara, Laurinda? Vem me ajudar. Camila trocou de roupa, pôs o camisolão, penteou os cabelos ante o espelho. Tudo muito normal. Ajude aqui, Laurinda, ela disse, estendendo-lhe o pente de osso, penteia os cabelos atrás, não alcanço. Sim, senhora, disse a negra, o coração ainda batendo forte. Por que está tremendo, Laurinda, Camila perguntou, procurando os olhos da escrava refletidos no espelho. Não é nada, senhora, tenho medo daquele infeliz. O que acha que ele vai fazer?

Dona Camila travou a mão de Laurinda, voltou-se. Disse, muito séria: o que ele vai fazer não sei. Mas eu sei o que fazer.

Foi então dizendo o que tinha preparado para aquele vestido, o plano que se tramava desde a tarde. A negra começou a rir, riso nervoso e retesado. Uma loucura, era uma loucura, um brinquedo que certamente brincava a senhora com sua escrava de tantos anos.

Para seu espanto, a senhora ria junto, mas era um riso de alegria e felicidade, não de gracejo, seus olhos não mentiam. Não era galhofa, mas o plano no qual se embrenhara e ao qual se entregava.

Laurinda preocupava-se, dizendo: a senhora está fazendo uma traça comigo, não está? Não, ela respondeu, agora tornando-se pensativa, o rosto baixo. Se eu tinha temores, agora não tenho mais. Amo Ramiro. E não é paixão, é amor.

Mas precisa tantas voltas? Perguntava a negra, quem sabe o padre também vem aqui, se pode esconder tudo do povo, ele pode vir de noite e o povo não se dá conta. Ia dizer: igual como Bernardo, mas a voz embaraçou-se na garganta, Laurinda sabia que deveria calar-se, pois ia acabar dizendo coisa própria de gente malvada.

Resolveu rir de novo, quem sabe com isso disfarçava toda a perturbação que sentia, quem sabe alegrava sua dona. Alegrou-se mesmo quando notou que Dona Camila retomava o riso, abraçava-se a ela, dizendo: minha boa Laurinda, minha rica Laurinda. Disse-lhe também que fosse logo dormir, que de manhã cedo ia precisar muito dela, para ajudá-la com o vestido e a grinalda.

Já de manhã? Perguntou a negra, inquieta.

Sim, já de manhã, respondeu a senhora, pondo-lhe a mão no ombro, como se a enviasse a uma missão.

Recostada em almofadas, apoiando a cabeça num travesseiro, o vestido sobre a cama, Camila via repassar ante si a figura de Bernardo, a expressão desolada, as manchas de barro no rosto, a cara que fez quando foi empurrado, mas logo as imagens eram superadas por outras, Ramiro, a elevação dos olhos cinzentos, o modo sutil como a encantava por todas as pequenas coisas que prendem no laço do amor.

Ouvira algo junto à janela? Ficou atenta, apurou o ouvido. Sim, uma pequena pancada, uma pedra jogada desde baixo, talvez. Levantou-se, abriu lentamente os postigos e distinguiu lá embaixo, entre as trevas, o vulto de Bernardo, que lhe fazia sinais, dizendo: amor! Amor! Ouve amor! Olha só a minha roupa bonita!

Camila fechou com raiva o tampo, mordendo os lábios.

O que era Bernardo, ante a vida que se abria a seus olhos? Um mundo novo estava à sua volta, uma fantasia de afetos a que se entregava toda ela, sem medidas, sem restrições da mente.

Queria o sono, para que chegasse rápido o outro dia, a nova aurora. Sua última visão foi o vestido, destacando-se alvo, sobre a colcha.

Debaixo da chuva, encostado à parede do sobrado, Bernardo vigiava a janela que se fechara. Procurava um vão onde abrigar-se, sentia as roupas molharem-se totalmente, penetrando a umidade até os ossos. Os pés pareciam mergulhados numa grande poça d'água. Mas o atormentava mais a dor, que vinha por ondas, ora branda, ora aguda como uma faca. Não sabia bem dizer de onde vinha, se das entranhas, se de algum membro, se de uma ferida. Ou melhor, vinha da alma, roída por mal sem remédio, a janela fechada. Agora via a quanto chegara, a mulher indigna comandando seus passos, fazendo-o tombar como a um animal a que se refuga, desprezando tanta querença que latejava dentro de si. Camila possuía partes com o demônio, só podia ser, caso contrário, como se explicaria todo aquele encantamento? Devia ser isso, o demônio; ninguém era assim, com tantos caprichos, tantas artimanhas e aleivosidades. Nunca se viu alguém assim em toda a freguesia, em todo o Continente.

Entretanto, queria-a. Queria-a mesmo malvada, enfeitiçadora, queria-a de novo na cama, não se importava que o desprezasse, se fizesse de fingida, se estivesse rindo de sua miséria de homem enamorado.

Não conseguia entender, ele não estava vestido como ela gostava, as fivelas de prata? Olhou-as, não brilhavam como no outro dia, sumidas no meio do barro. Havia de limpá-las. Pegou o lenço rendado e amorosamente esfregava o metal, que pouco a pouco foi ficando luzidio. Uma dor penetrante na perna chamou-o a si, miséria.

Ou era o chapéu tricorne que não estava bem posto? Tocou-o, uma plasta molhada, as nervuras que o punham teso amoleceram-se com a água, tornando-o disforme, desabado sobre a cabeça. Tirou-o com raiva, jogou ao chão, vendo como se afundava, tragado por uma poça de lodo. A chuva agora caía sobre os cabelos, escorria pela testa, penetrava o pescoço, encharcando a camisa, misturando-se às lágrimas incontidas. Nem havia por que refrear-se mais, e se tinha de gritar, gritava: Camila! Camila! bradou, batendo os punhos na parede, amada, querida, amor, quero voltar, Camila! minha luz, Camila!

Um instante de expectativa, nada. Só o barulho da chuva nas paragens longínquas. Ela não o ouvia mais. Ou pior: não queria ouvi-lo, estava tudo acabado.

Cravou as unhas no reboco débil e foi deslizando o corpo para o chão, lentamente, a raiva e o medo e o amor queimando o peito, os soluços ecoando na noite.

Ramiro não queria acreditar no que enxergava. Fazendo-se escondido na meia escuridão da noite, ele via e ouvia tudo desde quando Bernardo viera de trás da casa e Camila abrira a janela, para logo fechá-la. Das nuvens próximas procedia uma claridade, talvez o luar por cima, e as coisas assumiam contornos vagos, errantes, uma noite transformada pelo desespero e ódio daquele homem que se desfazia em imprecações e choro. Protegeu melhor o maço de versos que trazia sob a capa, não podia molhá-lo.

Que soturno destino, o dos homens, desde a queda original, o paraíso que se perdera com a ofensa a Deus, o pecado. E tinha cores vistosas, o pecado, penetrante, irrompendo sob a aparência de algo bom e desejável, continha nada mais que morte e desespero. O que sobrava daquele homem esperto, diligente, cuja retidão nunca fora desmentida? Por quais caminhos Camila o conduzira, que nada mais restava senão a vontade quebrada, o desencanto?

E de si próprio, o que dizer? Ridículo, atoleimado, altas horas de uma noite terrível, postado às escondidas, um maço de versos sob o braço, a chuva enregelando seus membros, agulhando o rosto, ao invés de estar aquecido em sua cama, lendo ou simplesmente dormindo, a alma descansada, sem dúvidas, sem ameaças, aguardando a manhã para celebrar os mistérios da fé. Procurou lembrar Camila, que encantos de mulher o haviam assim prendido? A imaginação veio poderosa, fazendo pulsar doidamente as têmporas, secando a boca, o desejo acionando um fogo medonho. Ah, aquelas mãos quentes, quando apertaram a sua, o jeito de rir, os dentes de marfim, os ademanes de graça que não podia lembrar sem a sensação de que se perdera num caminho sem volta. Ah, o pecado, e o descontrole dos sentidos.

Bernardo levantava-se pesadamente, agarrando-se à parede, alquebrado como um velho. Conseguiu mesmo assim aprumar-se e, trocando as pernas, caminhava em direção à casa paroquial, tropeçando todo instante, vacilando a figura em que apenas se sobressaíam os punhos rendilhados no meio da noite. Perdeu-o de vista, embrenhado nas trevas.

Agora, Camila é minha, pensou Ramiro.

Se quisesse, poderia tê-la só para si, bastando mostrar sua figura de homem. Ela o esperava. Ela o queria. Chegou perto da casa, a mão pronta para bater à porta, mas sua vista foi atraída para baixo, o chapéu tricorne de Bernardo, que se desfazia no meio do barro. Súbita, uma ideia dolorosa: e se acabasse assim como aquele infeliz, a vida perdida e sem remédio, um fiapo de gente, sendo escorraçado, após todo amor sorvido? Susteve sua ação, sentiu que tudo iria repetir-se, era apenas uma questão de deixar que o tempo passasse, o amor, as primeiras disputas sobre coisas menores, o ciúme, a desconfiança, a raiva, o abandono. Não acontecera o mesmo com Bernardo? Amar a Deus e a Virgem era um conforto constante, diferente de amar uma mulher, com humores que se alteravam, alguém que sentia afetos carnais, do mundo.

Veio também a dúvida, deformando as imagens que lembrava de Camila: não eram risos de júbilo, mas deboche, gosto, talvez, de aprisioná-lo por capricho de senhora elegante para, uma vez passada a novidade, buscar outros apetites.

Mas renunciar assim antes de tê-la? Antes de provar aquelas carnes que se ofereciam? Sem nunca dizer todas as palavras que tinha presas, sempre sofreadas?

A dúvida, anuviando os pensamentos. Às suas costas, ao outro lado da praça, a igreja, a capela-mor, o altar, a lamparina vermelha, o sacrário, o silêncio e o mistério que se ocultavam atrás de sedas, dentro de um cálice dourado, a dúvida. Oculto pela janela, acima de sua cabeça, igualmente o mistério, a incerteza, a vacilação. Ah, Ramiro, não sentirás nenhum conforto, nenhum lugar de serenidade e paz, sempre a dúvida perseguindo teus passos anteriormente tão seguros. Onde a tranquila quietude que buscara nos votos sagrados, se podia o mundo inteiro ser assim perturbado em qualquer fraqueza do corpo?

# 11

O relógio da varanda bateu cinco horas, Ramiro ouviu muito bem. Não dormiu um instante, a noite imensa. Noite em que a água da chuva despejava-se pelo beiral da casa, e lá fora nenhuma alma se aventurava. Levantou-se, entreabriu os postigos e fechou-os rapidamente, não queria ver a desolação da praça, submersa num manto opaco de chuva, frio e nevoeiro. Acendeu uma vela, tomou o breviário procurando selecionar as leituras do dia. Não se concentrava, as páginas dançando ante seus olhos, sem significado algum, meras fórmulas que repetia anos a fio. A verdade real estava a poucos passos dali, Camila. Fora pusilânime e sem vontade, ontem. Deveria ter batido à porta, depois que Bernardo se retirara. Ia apenas entregar os versos, só isso. Imaginava-a abrindo a porta, a mão em concha protegendo a chama da vela, os cabelos soltos, os olhos quem sabe pisados pelo choro. Ela lhe sorria, ainda uma expressão triste. E depois? E depois?

Ramiro afastou energicamente os pensamentos, sua vida já estava traçada, não poderia renegar os cânones e as bulas papais que determinavam como proceder em todas as circunstâncias da vida, regulando até como deveria rezar, como vestir-se, como beber o vinho, a distância que seria de sua obrigação manter entre as mãos espalmadas no ofertório, o tamanho dos passos que deveria caminhar quando se dirigisse ao púlpito. Recomendava-se o silício para os casos mais rebeldes, quando a carne e o pecado quisessem gritar mais alto que a disciplina.

Agora, ouvia um ruído no quarto ao lado. Bernardo preparava-se para a missa. Sempre ia na frente, para dispor as alfaias e os paramentos. O homem tinha-lhe ódio, isso sabia. Não lhe passava despercebida a raiva que via fuzilar nas pupilas escuras. Por assim dizer, ele apenas aguardava o momento de encontrar um motivo para destruí-lo. Não se assustou com a ideia nem a achou repugnante. Dava-se conta da proporção que tudo assumira desde que Camila viera, entrando indebitamente nas vísceras de cada um como uma doença ruinosa, transformando os humores que corriam pelo corpo. Ele estava transformado, Bernardo não era o mesmo, mudado em vítima e algoz ao mesmo tempo.

Perdoava-lhe o ódio, o rancor, esses eram sentimentos que deveria sentir, senão negava-se como homem. Quanto a si, Camila veio instilar-lhe a dúvida, a experiência nunca vivida de vacilação ante as verdades eternas. Sim, ela fizera muito: transformara a face do mundo, colocando-o sobre sustentáculos vacilantes.

A perspectiva de rezar mais uma missa trazia-lhe dúbias emoções, queria abrasar-se de fé cega, nenhum pensamento estranho, mas a suspeita tisnava seus gestos. *Tu es saccerdos in aeternum, tu es saccerdos in aeternum, secundum ordinem.* As palavras do bispo, em sua ordenação. Frias, inamovíveis, eternas. Onde, porém, a eternidade na fraqueza da sua alma? Levou a mão ao cimo da cabeça, sentiu o círculo vazio que se desenhava entre seus cabelos. Um pedaço de si que entregava ao Senhor. A marca, visível, não deixava dúvidas, tu és sacerdote. *In aeternum.* Mas a eternidade, onde? Em suas mãos vacilantes?

Bernardo saiu de casa em direção à igreja, carregando seu rancor e desalento. Ramiro percebia que tudo assomava um desate próximo, incontrolável. Por si, estava disposto, pronto para o que acontecesse. Saberia o que fazer quando os acontecimentos se precipitassem, tomando rumo desordenado. Deu-se conta perplexo de que apenas podia contar, nesse instante, com uma coisa certa: o ódio de Bernardo que o fulminava a cada desvão da casa. Preso talvez ao fascínio daquela caçada, Ramiro entregava-se ao jogo, cego, antevendo que, por mais que fizesse, não poderia furtar-se ao confronto, que sentia cada vez mais próximo.

Foi à varanda, abriu a porta. O céu começava a brilhar, e as nuvens pesadas se dissipavam para o lado do nascente; sua alma, porém, ensombrecia.

No dia que clareava, viu a criada de Camila, que vinha pela praça em direção à casa canônica, rápida, um xale envolvendo os ombros, lutando contra o vento, não se importando de enlamear os pés nas grandes poças de água. Chegou inquieta, a respiração opressa. Disse, depois de um tempo em que recobrou o fôlego: a bênção, padre; não reza mais hoje, lhe peço por todos os santos, Dona Camila não sabe que eu vim aqui. Ramiro perturbou-se com o pedido, uma vaga sensação de que se passava algo estranho, uma urdidura da qual não conhecia a trama, mas que sabia existir. Procurando conter o temor, perguntou o motivo pelo qual não deveria rezar missa. A negra não respondeu, levou as mãos ao rosto e sacudia a cabeça, dizendo: não vá, padre, não vá, lhe peço. Ramiro hesitou, quis indagar mais da escrava, as perguntas comprimindo-se na garganta, mas calou-se, era melhor não saber de nada. Não queria saber de nada, por mais perturbadora que fosse a verdade. Não estava em seu domínio evitar o que estivesse por acontecer. As palavras do *Pater Noster*: faça-se a tua vontade, *Fiat voluntas tuas, Domine,* Senhor.

Despediu Laurinda com um Deus te abençoe e rumou apressado para a igreja. Atrás de si, ainda ouvia a negra dizendo me atenda padre, me atenda pelo amor das chagas de Nosso Senhor! Pisou mais forte, procurando abafar os rogos com a força de suas passadas.

Abre a porta da sacristia, tudo em silêncio. A mesa disposta com os paramentos. Não vê Bernardo. Procura-o com os olhos, e eis que ele surge, vindo da nave, a vista baixa, muito pálido. Ramiro vai à pia e lava as mãos, enquanto repete a fórmula *Da Domine virtutem manibus meis.* Ele agora me olha, ele agora me vê lavar as mãos, ele me espreita. As mãos de Bernardo tremem quando lhe apresenta a toalha. Ramiro dirige-se à mesa das alfaias, prepara o cálice sagrado, começa a vestir os paramentos enquanto seus lábios mecanicamente dizem as palavras dos cânones, o pensamento voando longe, mescla de apreensão, temores, dúvidas. O tom pressago de Laurinda quando lhe rogou que não rezasse missa hoje. Às suas costas, a mudez de Bernardo, pejada de intenções; Ramiro até pode sentir na pele o quanto ele lhe tem rancor. Vestida a alva, procura os olhos fugidios de Bernardo, mas estes agora estão concentrados na dobradura do manípulo, no gesto de fazê-lo passar pela manga sem deixar pregas. O homem fecha-se cada vez mais, comprimindo a fina comissura dos lábios, como se estivesse contendo uma intenção da qual tivesse medo. Ramiro pega a estola, beija-a na cruz bordada, cruza-a pelo peito. Veste a casula. Toma o cálice gelado, ergue-o à altura do peito. Inclina-se ao Cristo crucificado e, com força incontrolável, brota-lhe do peito o salmo, do fundo do abismo a Vós, Senhor! Recita-o na compreensão completa de todas as palavras: ponho minha esperança no Senhor, minha alma tem confiança em sua palavra. Faz a mais profunda oração de todos os anos de sua vida. Quer, neste instante, abrasar-se com a fé dos mártires, mas vasculhando sua alma só encontra temor, dúvidas e, emergindo entre tantos pesares, o rosto de Camila, que se entremeia, persistente e inevitável. Fecha os olhos, o salmo concluído, entregue aos pensamentos impudentes, o deleite daquele rosto, as faces rosadas, o riso juvenil, o colo liso. Mas, junto a si, Bernardo vigia, a figura contida e nebulosa. Ramiro levanta o corpo, seus olhos dão de cheio com os olhos de Bernardo, que o está encarando, a malquerença. Quer dizer alguma coisa ao homem, sente que este é o último momento, mas a dureza do semblante daquele o deixa sem fala. Suspira fundo, como quem cede ao inevitável.

Adentram à capela-mor.

Hoje, como nos outros dias, não há fiéis para a missa, e nos registros mais uma vez constara: *nullus,* ninguém. Ninguém que o console, neste dia em que o ativo cheiro da podridão é um anúncio, maculando a manhã, que percebe clareando as cores das janelas.

Ramiro busca emaranhar-se no ritual, procura esquecer o que se passa à sua volta, esquivando-se daquela proximidade, cada momento é uma cilada. Com sofreguidão, imitando a fé dos mártires, reza *ne perdas cum impiis, Deus, animam meam, et cum viris sanguinum vitam meam,* não me deixes, Senhor, perder a alma com os ímpios, nem a vida com os homens sanguinários. Mas se tranquiliza, nada poderá acontecer a ele, seria muita loucura. Consegue até sorrir, ao ver a que ponto chegou em seus temores.

No momento da consagração, a um gesto mais brusco de Bernardo, vê voltar o pânico que lentamente o consome. Por que nada acontece? O tempo passando dá-lhe a sensação de que apenas se protela o desenlace. Ou a negra estaria enganada?

Ao virar-se para a nave, as mãos postas, os lábios prontos para dizer *ite, missa est,* Ramiro distingue um vulto que entra pela porta principal. De início, não reconhece a figura, tão pequena. Aos poucos, porém, o coração começa a disparar e um frio gela a espinha: é Camila toda vestida em branco, noiva, uma coroa de flores circundando a testa. Entra a passos seguros, o olhar fixo nele, os braços alçados para a frente. Ramiro petrifica-se, os braços também abertos, incapaz de agir. E ela vem em sua direção, oferecendo-se.

Sobressaltado, Ramiro olha para Bernardo, que ainda não se deu conta do que sucede, e está de joelhos, as mãos cruzadas sobre o peito, aguardando o momento de dizer *Deo Gratias.*

Camila, entretanto, avança, sem fazer ruído algum, os pés descalços pisando maciamente as tábuas do assoalho, o vestido colorindo-se nos claros de luz que descem dos vitrais. Um sorriso ilumina seu rosto, luz na manhã transfigurada, hóstia cândida.

Ramiro abandona-se à beatitude da visão, desconhece o que sucederá, não quer saber de nada, nem da vida, nem de Bernardo, que agora nota a presença silenciosa de Camila, volta-se para ela, levantando-se. Tal como Ramiro, abre os braços desejosos, espera-a. Está desvairado, e diz alto: vem amor! vem! te esperava! eu sabia que tu virias. Ela não o ouve, nem responde ao chamado, enfeitiçada. Prossegue em direção ao altar, o rosto crescente de felicidade. Decidida, pisa no primeiro degrau do altar, vai jogar-se nos braços do padre. Ramiro curva-se para a frente, na intenção de acolhê-la. Sustém o gesto ao notar, na mão de Bernardo, o brilho da faca de aparar velas. Os braços e as pernas não obedecem, presos à tragédia que já pressente. Bernardo chega-se sorrateiro e, com repentino ímpeto, desaparece sua mão armada nas costas da mulher. Um golpe surdo. Camila dá um grito, contrai vivamente o corpo para trás, esgazeando os olhos espantados. Dobra os joelhos, revolve os olhos e lentamente tomba, afundando-se no rodado do vestido, que a recebe como um cálice. Uma grande mancha vermelha inunda as costas, o sangue do sacrifício.

Ao lado, Bernardo, de pé, olha bestificado para o corpo de Camila, que já não se move. Ergue a cabeça, a raiva e o ódio mascarando o rosto. Joga longe a faca, que desliza pelo chão da nave até parar junto ao altar lateral, ao pé de uma imagem de São Francisco de Paula. Num salto, fecha a porta da sacristia, arrebata de André o turíbulo fumegante e avança lento para Ramiro, dizendo entre os dentes: agora és tu, infeliz, Deus tenha pena dos teus pecados.

Ramiro sente voltar-lhe o sopro da vida, desce os degraus, transpõe o corpo inerte de Camila, ganha logo a nave, Bernardo em seu encalço. Para, e, assomando uma temeridade que não possui, diz-lhe: não, Bernardo! basta uma morte, basta! O turíbulo agitado por Bernardo, porém, é um agouro terrível. Vai morrer, infeliz, grita-lhe o demente, a voz reboando fantasmagórica pelas grossas paredes da igreja deserta. Vencido por tanta fúria, Ramiro apressa-se em direção à porta principal; Bernardo é mais ágil que um gato e o ultrapassa, parando no vão da porta, impedindo a passagem, os braços abertos, o turíbulo balançando na mão, desprendendo uma espiralada nuvem de incenso. Caminha vagaroso, com a certeza da fera que tem segura sua presa, dizendo: são teus últimos momentos, infeliz! Há uma escada que leva ao coro e Ramiro embarafusta por ela, pisando a barra da alva, tropeçando na estola, ouvindo os passos de Bernardo, que sobe, acuando-o. Já no coro, Ramiro volta-se para a escada, ele que venha, vai enfrentá-lo como homem. Ao ver Bernardo apontar pelo meio da escada, galgando os degraus sem pressa, o medo é maior, e olha para cima: a escadinha que internamente sobe a torre, estreita e úmida, da largura de um corpo. Há, no fundo, um pequeno retângulo de céu azul, a esperança. Ganha os primeiros degraus, tropeça, recompõe-se, continua a subida enérgica, raspando as mãos na parede áspera, ouvindo o ruído metálico que faz o turíbulo ao bater nas pedras, um barulho pressago de morte. Chegando sem fôlego à torre, vê que há apenas o vão de uma pessoa, dois não cabem.

Será ele ou Bernardo.

Prepara-se, arquejante, os músculos retesados, o suor frio escorrendo pelo rosto.

Bernardo surge no angustioso espaço, sacudindo freneticamente o turíbulo, os olhos fuzilando, a figura avultada, seguro do que deseja. O padre sente-se infinitamente inerme, os braços sem a força e o espírito sem o ânimo de arrostar tanta audácia e delírio. Agarra-se ao badalo do sino como se dele pudesse provir a coragem que lhe escapa. *Domine!* grita no instante em que vê o turíbulo voando, descrevendo uma fatal curva em direção à sua testa. Uma dor imensa e cortante o atinge, algo parte-se dentro de sua cabeça e, à dor, sucede-se uma grande paz, que torna leve seu corpo, fazendo-o flutuar em paragens de sonho, remetendo-o a lugares que antes percorrera com as fantasias do espírito e as devoções da alma.

O sacristão André, vencendo o terror que o prostrara, ganha a rua, aos berros, acuda! acuda! Sua atenção é atraída pelo baque de um corpo que se despenca da torre. Corre a ver, é Bernardo, que jaz sobre uma pedra, os olhos esbugalhados de morto. Na mão, bem seguro, o turíbulo de prata, de onde uma fina linha de fumaça adeja ainda.

O povo logo se junta, todos indagando, os mais afoitos subindo até a torre, constatando horrorizados tudo o que se passara. De dentro da igreja aparece Laurinda, trazendo nos braços a sua dona, dizendo a todos: eu falei pra ela não vir sozinha, era perigoso, mas entendam vosmecês que ela é só donzelinha, não conhece nada da vida.

Porto Alegre, agosto/novembro de 1981

## Coleção **L&PM** POCKET (LANÇAMENTOS MAIS RECENTES)

538. **Ora bolas – O humor de Mario Quintana** – Juarez Fonseca
539. **Longe daqui aqui mesmo** – Antonio Bivar
540(5). **É fácil matar** – Agatha Christie
541. **O pai Goriot** – Balzac
542. **Brasil, um país do futuro** – Stefan Zweig
543. **O processo** – Kafka
544. **O melhor de Hagar 4** – Dik Browne
545(6). **Por que não pediram a Evans?** – Agatha Christie
546. **Fanny Hill** – John Cleland
547. **O gato por dentro** – William S. Burroughs
548. **Sobre a brevidade da vida** – Sêneca
549. **Geraldão (1)** – Glauco
550. **Piratas do Tietê (2)** – Laerte
551. **Pagando o pato** – Ciça
552. **Garfield de bom humor (6)** – Jim Davis
553. **Conhece o Mário?** vol. 1 – Santiago
554. **Radicci 6** – Iotti
555. **Os subterrâneos** – Jack Kerouac
556(1). **Balzac** – François Taillandier
557(2). **Modigliani** – Christian Parisot
558(3). **Kafka** – Gérard-Georges Lemaire
559(4). **Júlio César** – Joël Schmidt
560. **Receitas da família** – J. A. Pinheiro Machado
561. **Boas maneiras à mesa** – Celia Ribeiro
562(9). **Filhos sadios, pais felizes** – R. Pagnoncelli
563(10). **Fatos & mitos** – Dr. Fernando Lucchese
564. **Ménage à trois** – Paula Taitelbaum
565. **Mulheres!** – David Coimbra
566. **Poemas de Álvaro de Campos** – Fernando Pessoa
567. **Medo e outras histórias** – Stefan Zweig
568. **Snoopy e sua turma (1)** – Schulz
569. **Piadas para sempre (1)** – Visconde da Casa Verde
570. **O alvo móvel** – Ross Macdonald
571. **O melhor do Recruta Zero (2)** – Mort Walker
572. **Um sonho americano** – Norman Mailer
573. **Os broncos também amam** – Angeli
574. **Crônica de um amor louco** – Bukowski
575(5). **Freud** – René Major e Chantal Talagrand
576(6). **Picasso** – Gilles Plazy
577(7). **Gandhi** – Christine Jordis
578. **A tumba** – H. P. Lovecraft
579. **O príncipe e o mendigo** – Mark Twain
580. **Garfield, um charme de gato (7)** – Jim Davis
581. **Ilusões perdidas** – Balzac
582. **Esplendores e misérias das cortesãs** – Balzac
583. **Walter Ego** – Angeli
584. **Striptiras (1)** – Laerte
585. **Fagundes: um puxa-saco de mão cheia** – Laerte
586. **Depois do último trem** – Josué Guimarães
587. **Ricardo III** – Shakespeare
588. **Dona Anja** – Josué Guimarães
589. **24 horas na vida de uma mulher** – Stefan Zweig
590. **O terceiro homem** – Graham Greene
591. **Mulher no escuro** – Dashiell Hammett
592. **No que acredito** – Bertrand Russell
593. **Odisséia (1): Telemaquia** – Homero
594. **O cavalo cego** – Josué Guimarães
595. **Henrique V** – Shakespeare
596. **Fabulário geral do delírio cotidiano** – Bukowski
597. **Tiros na noite 1: A mulher do bandido** – Dashiell Hammett
598. **Snoopy em Feliz Dia Dos Namorados! (2)** – Schulz
599. **Mas não se matam cavalos?** – Horace McCoy
600. **Crime e castigo** – Dostoiévski
601(7). **Mistério no Caribe** – Agatha Christie
602. **Odisséia (2): Regresso** – Homero
603. **Piadas para sempre (2)** – Visconde da Casa Verde
604. **À sombra do vulcão** – Malcolm Lowry
605(8). **Kerouac** – Yves Buin
606. **E agora são cinzas** – Angeli
607. **As mil e uma noites** – Paulo Caruso
608. **Um assassino entre nós** – Ruth Rendell
609. **Crack-up** – F. Scott Fitzgerald
610. **Do amor** – Stendhal
611. **Cartas do Yage** – William Burroughs e Allen Ginsberg
612. **Striptiras (2)** – Laerte
613. **Henry & June** – Anaïs Nin
614. **A piscina mortal** – Ross Macdonald
615. **Geraldão (2)** – Glauco
616. **Tempo de delicadeza** – A. R. de Sant'Anna
617. **Tiros na noite 2: Medo de tiro** – Dashiell Hammett
618. **Snoopy em Assim é a vida, Charlie Brown! (3)** – Schulz
619. **1954 – Um tiro no coração** – Hélio Silva
620. **Sobre a inspiração poética (Íon) e ...** – Platão
621. **Garfield e seus amigos (8)** – Jim Davis
622. **Odisséia (3): Ítaca** – Homero
623. **A louca matança** – Chester Himes
624. **Factótum** – Charles Bukowski
625. **Guerra e Paz: volume 1** – Tolstói
626. **Guerra e Paz: volume 2** – Tolstói
627. **Guerra e Paz: volume 3** – Tolstói
628. **Guerra e Paz: volume 4** – Tolstói
629(9). **Shakespeare** – Claude Mourthé
630. **Bem está o que bem acaba** – Shakespeare
631. **O contrato social** – Rousseau
632. **Geração Beat** – Jack Kerouac
633. **Snoopy: É Natal! (4)** – Charles Schulz
634(8). **Testemunha da acusação** – Agatha Christie
635. **Um elefante no caos** – Millôr Fernandes
636. **Guia de leitura (100 autores que você precisa ler)** – Organização de Léa Masina
637. **Pistoleiros também mandam flores** – David Coimbra
638. **O prazer das palavras – vol. 1** – Cláudio Moreno
639. **O prazer das palavras – vol. 2** – Cláudio Moreno
640. **Novíssimo testamento: com Deus e o diabo, a dupla da criação** – Iotti
641. **Literatura Brasileira: modos de usar** – Luís Augusto Fischer
642. **Dicionário de Porto-Alegrês** – Luís A. Fischer
643. **Clô Dias & Noites** – Sérgio Jockymann
644. **Memorial de Isla Negra** – Pablo Neruda
645. **Um homem extraordinário e outras histórias** – Tchékhov
646. **Ana sem terra** – Alcy Cheuiche
647. **Adultérios** – Woody Allen

648. **Para sempre ou nunca mais** – R. Chandler
649. **Nosso homem em Havana** – Graham Greene
650. **Dicionário Caldas Aulete de Bolso**
651. **Snoopy: Posso fazer uma pergunta, professora? (5)** – Charles Schulz
652.(10).**Luís XVI** – Bernard Vincent
653. **O mercador de Veneza** – Shakespeare
654. **Cancioneiro** – Fernando Pessoa
655. **Non-Stop** – Martha Medeiros
656. **Carpinteiros, levantem bem alto a cumeeira & Seymour, uma apresentação** – J.D.Salinger
657. **Ensaios céticos** – Bertrand Russell
658. **O melhor de Hagar 5** – Dik Browne
659. **Primeiro amor** – Ivan Turguêniev
660. **A trégua** – Mario Benedetti
661. **Um parque de diversões da cabeça** – Lawrence Ferlinghetti
662. **Aprendendo a viver** – Sêneca
663. **Garfield, um gato em apuros (9)** – Jim Davis
664. **Dilbert 1** – Scott Adams
665. **Dicionário de dificuldades** – Domingos Paschoal Cegalla
666. **A imaginação** – Jean-Paul Sartre
667. **O ladrão e os cães** – Naguib Mahfuz
668. **Gramática do português contemporâneo** – Celso Cunha
669. **A volta do parafuso** *seguido de* **Daisy Miller** – Henry James
670. **Notas do subsolo** – Dostoiévski
671. **Abobrinhas da Brasilônia** – Glauco
672. **Geraldão (3)** – Glauco
673. **Piadas para sempre (3)** – Visconde da Casa Verde
674. **Duas viagens ao Brasil** – Hans Staden
675. **Bandeira de bolso** – Manuel Bandeira
676. **A arte da guerra** – Maquiavel
677. **Além do bem e do mal** – Nietzsche
678. **O coronel Chabert** *seguido de* **A mulher abandonada** – Balzac
679. **O sorriso de marfim** – Ross Macdonald
680. **100 receitas de pescados** – Sílvio Lancellotti
681. **O juiz e o seu carrasco** – Friedrich Dürrenmatt
682. **Noites brancas** – Dostoiévski
683. **Quadras ao gosto popular** – Fernando Pessoa
684. **Romanceiro da Inconfidência** – Cecília Meireles
685. **Kaos** – Millôr Fernandes
686. **A pele de onagro** – Balzac
687. **As ligações perigosas** – Choderlos de Laclos
688. **Dicionário de matemática** – Luiz Fernandes Cardoso
689. **Os Lusíadas** – Luís Vaz de Camões
690.(11).**Átila** – Éric Deschodt
691. **Um jeito tranqüilo de matar** – Chester Himes
692. **A felicidade conjugal** *seguido de* **O diabo** – Tolstói
693. **Viagem de um naturalista ao redor do mundo** – vol. 1 – Charles Darwin
694. **Viagem de um naturalista ao redor do mundo** – vol. 2 – Charles Darwin
695. **Memórias da casa dos mortos** – Dostoiévski
696. **A Celestina** – Fernando de Rojas
697. **Snoopy (6)** – Charles Schulz
698. **Dez (quase) amores** – Claudia Tajes
699. **Poirot sempre espera** – Agatha Christie
700. **Cecília de bolso** – Cecília Meireles
701. **Apologia de Sócrates** *precedido de* **Êutifron e** *seguido de* **Críton** – Platão
702. **Wood & Stock** – Angeli
703. **Striptiras (3)** – Laerte
704. **Discurso sobre a origem e os fundamentos da desigualdade entre os homens** – Rousseau
705. **Os duelistas** – Joseph Conrad
706. **Dilbert (2)** – Scott Adams
707. **Viver e escrever (vol.1)** – Edla van Steen
708. **Viver e escrever (vol.2)** – Edla van Steen
709. **Viver e escrever (vol.3)** – Edla van Steen
710. **A teia da aranha** – Agatha Christie
711. **O banquete** – Platão
712. **Os belos e malditos** – F. Scott Fitzgerald
713. **Libelo contra a arte moderna** – Salvador Dalí
714. **Akropolis** – Valerio Massimo Manfredi
715. **Devoradores de mortos** – Michael Crichton
716. **Sob o sol da Toscana** – Frances Mayes
717. **Batom na cueca** – Nani
718. **Vida dura** – Claudia Tajes
719. **Carne trêmula** – Ruth Rendell
720. **Cris, a fera** – David Coimbra
721. **O anticristo** – Nietzsche
722. **Como um romance** – Daniel Pennac
723. **Emboscada no Forte Bragg** – Tom Wolfe
724. **Assédio sexual** – Michael Crichton
725. **O espírito do Zen** – Alan W.Watts
726. **Um bonde chamado desejo** – Tennessee Williams
727. **Como gostais** *seguido de* **Conto de inverno** – Shakespeare
728. **Tratado sobre a tolerância** – Voltaire
729. **Snoopy: Doces ou travessuras? (7)** – Charles Schulz
730. **Cardápios do Anonymous Gourmet** – J.A. Pinheiro Machado
731. **100 receitas com lata** – J.A. Pinheiro Machado
732. **Conhece o Mário?** vol.2 – Santiago
733. **Dilbert (3)** – Scott Adams
734. **História de um louco amor** *seguido de* **Passado amor** – Horacio Quiroga
735.(11).**Sexo: muito prazer** – Laura Meyer da Silva
736.(12).**Para entender o adolescente** – Dr. Ronald Pagnoncelli
737.(13).**Desembarcando a tristeza** – Dr. Fernando Lucchese
738.(11).**Poirot e o mistério da arca espanhola & outras histórias** – Agatha Christie
739. **A última legião** – Valerio Massimo Manfredi
740. **As virgens suicidas** – Jeffrey Eugenides
741. **Sol nascente** – Michael Crichton
742. **Duzentos ladrões** – Dalton Trevisan
743. **Os devaneios do caminhante solitário** – Rousseau
744. **Garfield, o rei da preguiça (10)** – Jim Davis
745. **Os magnatas** – Charles R. Morris
746. **Pulp** – Charles Bukowski
747. **Enquanto agonizo** – William Faulkner
748. **Aline: viciada em sexo (3)** – Adão Iturrusgarai
749. **A dama do cachorrinho** – Anton Tchékhov
750. **Tito Andrônico** – Shakespeare
751. **Antologia poética** – Anna Akhmátova
752. **O melhor de Hagar 6** – Dik e Chris Browne
753.(12).**Michelangelo** – Nadine Sautel
754. **Dilbert (4)** – Scott Adams
755. **O jardim das cerejeiras** *seguido de* **Tio Vânia** – Tchékhov
756. **Geração Beat** – Claudio Willer
757. **Santos Dumont** – Alcy Cheuiche

758. **Budismo** – Claude B. Levenson
759. **Cleópatra** – Christian-Georges Schwentzel
760. **Revolução Francesa** – Frédéric Bluche, Stéphane Rials e Jean Tulard
761. **A crise de 1929** – Bernard Gazier
762. **Sigmund Freud** – Edson Sousa e Paulo Endo
763. **Império Romano** – Patrick Le Roux
764. **Cruzadas** – Cécile Morrisson
765. **O mistério do Trem Azul** – Agatha Christie
766. **Os escrúpulos de Maigret** – Simenon
767. **Maigret se diverte** – Simenon
768. **Senso comum** – Thomas Paine
769. **O parque dos dinossauros** – Michael Crichton
770. **Trilogia da paixão** – Goethe
771. **A simples arte de matar** (vol.1) – R. Chandler
772. **A simples arte de matar** (vol.2) – R. Chandler
773. **Snoopy: No mundo da lua!** (8) – Charles Schulz
774. **Os Quatro Grandes** – Agatha Christie
775. **Um brinde de cianureto** – Agatha Christie
776. **Súplicas atendidas** – Truman Capote
777. **Ainda restam aveleiras** – Simenon
778. **Maigret e o ladrão preguiçoso** – Simenon
779. **A viúva imortal** – Millôr Fernandes
780. **Cabala** – Roland Goetschel
781. **Capitalismo** – Claude Jessua
782. **Mitologia grega** – Pierre Grimal
783. **Economia: 100 palavras-chave** – Jean-Paul Betbèze
784. **Marxismo** – Henri Lefebvre
785. **Punição para a inocência** – Agatha Christie
786. **A extravagância do morto** – Agatha Christie
787.(13). **Cézanne** – Bernard Fauconnier
788. **A identidade Bourne** – Robert Ludlum
789. **Da tranquilidade da alma** – Sêneca
790. **Um artista da fome** *seguido de* **Na colônia penal e outras histórias** – Kafka
791. **Histórias de fantasmas** – Charles Dickens
792. **A louca de Maigret** – Simenon
793. **O amigo de infância de Maigret** – Simenon
794. **O revólver de Maigret** – Simenon
795. **A fuga do sr. Monde** – Simenon
796. **O Uruguai** – Basílio da Gama
797. **A mão misteriosa** – Agatha Christie
798. **Testemunha ocular do crime** – Agatha Christie
799. **Crepúsculo dos ídolos** – Friedrich Nietzsche
800. **Maigret e o negociante de vinhos** – Simenon
801. **Maigret e o mendigo** – Simenon
802. **O grande golpe** – Dashiell Hammett
803. **Humor barra pesada** – Nani
804. **Vinho** – Jean-François Gautier
805. **Egito Antigo** – Sophie Desplancques
806.(14). **Baudelaire** – Jean-Baptiste Baronian
807. **Caminho da sabedoria, caminho da paz** – Dalai Lama e Felizitas von Schönborn
808. **Senhor e servo e outras histórias** – Tolstói
809. **Os cadernos de Malte Laurids Brigge** – Rilke
810. **Dilbert** (5) – Scott Adams
811. **Big Sur** – Jack Kerouac
812. **Seguindo a correnteza** – Agatha Christie
813. **O álibi** – Sandra Brown
814. **Montanha-russa** – Martha Medeiros
815. **Coisas da vida** – Martha Medeiros
816. **A cantada infalível** *seguido de* **A mulher do centroavante** – David Coimbra
817. **Maigret e os crimes do cais** – Simenon
818. **Sinal vermelho** – Simenon
819. **Snoopy: Pausa para a soneca** (9) – Charles Schulz
820. **De pernas pro ar** – Eduardo Galeano
821. **Tragédias gregas** – Pascal Thiercy
822. **Existencialismo** – Jacques Colette
823. **Nietzsche** – Jean Granier
824. **Amar ou depender?** – Walter Riso
825. **Darmapada: A doutrina budista em versos**
826. **J'Accuse...!** – **a verdade em marcha** – Zola
827. **Os crimes ABC** – Agatha Christie
828. **Um gato entre os pombos** – Agatha Christie
829. **Maigret e o sumiço do sr. Charles** – Simenon
830. **Maigret e a morte do jogador** – Simenon
831. **Dicionário de teatro** – Luiz Paulo Vasconcellos
832. **Cartas extraviadas** – Martha Medeiros
833. **A longa viagem de prazer** – J. J. Morosoli
834. **Receitas fáceis** – J. A. Pinheiro Machado
835. **Mais fatos e mitos** – Dr. Fernando Lucchese
836. **Boa viagem!** – Dr. Fernando Lucchese
837. **Aline: Finalmente nua!!!** (4) – Adão Iturrusgarai
838. **Mônica tem uma novidade!** – Mauricio de Sousa
839. **Cebolinha em apuros!** – Mauricio de Sousa
840. **Sócios no crime** – Agatha Christie
841. **Bocas do tempo** – Eduardo Galeano
842. **Orgulho e preconceito** – Jane Austen
843. **Impressionismo** – Dominique Lobstein
844. **Escrita chinesa** – Viviane Alleton
845. **Paris: uma história** – Yvan Combeau
846.(15). **Van Gogh** – David Haziot
847. **Maigret e o corpo sem cabeça** – Simenon
848. **Portal do destino** – Agatha Christie
849. **O futuro de uma ilusão** – Freud
850. **O mal-estar na cultura** – Freud
851. **Maigret e o matador** – Simenon
852. **Maigret e o fantasma** – Simenon
853. **Um crime adormecido** – Agatha Christie
854. **Satori em Paris** – Jack Kerouac
855. **Medo e delírio em Las Vegas** – Hunter Thompson
856. **Um negócio fracassado e outros contos de humor** – Tchékhov
857. **Mônica está de férias!** – Mauricio de Sousa
858. **De quem é esse coelho?** – Mauricio de Sousa
859. **O burgomestre de Furnes** – Simenon
860. **O mistério Sittaford** – Agatha Christie
861. **Manhã transfigurada** – Luiz Antonio de Assis Brasil
862. **Alexandre, o Grande** – Pierre Briant
863. **Jesus** – Charles Perrot
864. **Islã** – Paul Balta
865. **Guerra da Secessão** – Farid Ameur
866. **Um rio que vem da Grécia** – Cláudio Moreno
867. **Maigret e os colegas americanos** – Simenon
868. **Assassinato na casa do pastor** – Agatha Christie
869. **Manual do líder** – Napoleão Bonaparte
870. **Billie Holiday** – Sylvia Fol
871. **Bidu arrasando!** – Mauricio de Sousa
872. **Desventuras em família** – Mauricio de Sousa
873. **Liberty Bar** – Simenon
874. **E no final a morte** – Agatha Christie
875. **Guia prático do Português correto – vol. 4** – Cláudio Moreno
876. **Dilbert** (6) – Scott Adams
877. **Leonardo da Vinci** – Sophie Chauveau
878. **Bella Toscana** – Frances Mayes

**ENCYCLOPAEDIA** é a nova série da Coleção L&PM POCKET, que traz livros de referência com conteúdo acessível, útil e na medida certa. São temas universais, escritos por especialistas de forma compreensível e descomplicada.

PRIMEIROS LANÇAMENTOS: **Acupuntura**, Madeleine Fiévet-Izard, Madeleine J. Guillaume e Jean-Claude de Tymowski – **Alexandre, o grande**, Pierre Briant – **Budismo**, Claude B. Levenson – **Cabala**, Roland Goetschel – **Capitalismo**, Claude Jessua – **Cleópatra**, Christian-Georges Schwentzel – **A crise de 1929**, Bernard Gazier – **Cruzadas**, Cécile Morrisson – **Economia: 100 palavras-chave**, Jean-Paul Betbèze – **Egito Antigo**, Sophie Desplancques – **Escrita chinesa**, Viviane Alleton – **Existencialismo**, Jacques Colette – **Geração Beat**, Claudio Willer – **Guerra da Secessão**, Farid Ameur – **Império Romano**, Patrick Le Roux – **Impressionismo**, Dominique Lobstein – **Islã**, Paul Baltà – **Jesus**, Charles Perrot – **Marxismo**, Henri Lefebvre – **Mitologia grega**, Pierre Grimal – **Nietzsche**, Jean Granier – **Paris: uma história**, Yvan Combeau – **Revolução Francesa**, Frédéric Bluche, Stéphane Rials e Jean Tulard – **Santos Dumont**, Alcy Cheuiche – **Sigmund Freud**, Edson Sousa e Paulo Endo – **Tragédias gregas**, Pascal Thiercy – **Vinho**, Jean-François Gautier

# L&PM POCKET **ENCYCLOPAEDIA**
Conhecimento na medida certa

IMPRESSÃO:

Santa Maria - RS - Fone/Fax: (55) 3220.4500
**www.pallotti.com.br**